WINGS・NOVEL

彼等のワンピース

菅野 彰
Akira SUGANO

新書館ウィングス文庫

SHINSHOKAN

彼等のワンピース

目次

ウィングス・コミックス
(コミック)山田睦月 ×(原作)菅野 彰

「ぼくのワンピース」

Characters & Story

神鳥谷等(ひとのや ひとし)

子どもの頃から、きれいな女性の服を着たくて仕方がなかった。大学の同級生の真人に偶然それを知られ、真人が場所とドレスを提供してくれるようになる。

子どもの頃から、きれいな女性の服を着たいという気持ちを押し殺して生きてきた神鳥谷等は、街で思わず女物の服を宛てているところを、佐原真人に偶然見られてしまう。真人は、等は認識していなかったが大学のクラスメイトで、その後、等のために、姉のワンピースを真人の家でこっそり着せてくれるようになる。自分が何者なのか定義もできず、人と違う自分に苦しみ続けた等に、真人は「人は人、自分は自分」という。明るい性格で友人が多いように見えた真人だが、長く反抗期が続く弟・苫人を心配し、心理学科で学んでいた。姉・友梨からワンピースを借りる許可も得て、定期的に真人の家に通うようになり、等は真人や苫人と交流を深めていくが、真人には秘密があった。心臓に病を抱え、長く生きることができない——。発作を起こした真人からそのことを告げ

佐原友梨（さはらゆり）

真人の二つ違いの姉。真人のため、医者を目指す。

佐原苫人（さはらとまと）

真人の弟。名前と、兄の病気のこともあり、長く反抗期だった。

佐原真人（さはらまさと）

心臓の病気で、長く生きられないと知って成長した。等と出会い、作るつもりでなかった「親友」になってしまう。大学卒業後三年ののち、病死。

られた等は動揺し怒りまくる。「親友」や「恋人」は作るつもりじゃなかったんだという真人に、等はなんとか生きてほしいと願うが、真人は自分の生き方を貫き、「誰のことも否定しない。自分のことも否定しないでください」と皆に言う。真人のお別れ会は、真人の希望でまるで結婚式のように華やかに、それぞれが持つ最も美しい衣装でというドレスコードのもと行われる。弱ってしまうから、何があっても泣かないでくれと真人に言われた等は、涙を流すことなく、美しいドレスをまとって参列する。たったひとつの恋のように真人は等を思い、二度口づけをかわしたが、それは人を愛し、愛されただけのこと。「人は人、自分は自分」を少しだけ受け入れて、等は真人のいない世界を泣かずに生きていこうと思う。

＊くわしくは、ウィングス・コミックス「ぼくのワンピース㊤㊦」（山田睦月／原作・菅野 彰）をお読みください。

イラストレーション◆山田睦月

彼等のワンピース

彼がいなくなることを知っているということと、彼がいなくなった世界を生きることはまるで違っていた。

想像できているということと、想像していた未知の世界を歩くことはまるで違う。未知の世界を歩くことは、想像とは掛け離れた時間だ。

そのことはきっと、自分だけでなく彼も知らなかっただろう。


今年も等は、一人で梓川釈迦堂の枝垂桜を見た。


「神鳥谷先生さようならー」

長野県松本市内にある中高一貫教育私立開智学園中等科の校内で、一学期を迎えたばかりの一年生女子に神鳥谷等は大きく手を振られた。

「はいさようなら。気をつけて帰れよ」

はーい、とまだ子どもにしか聞こえない声が吹き抜けの広い昇降口に響くのに、古い洋風建築を模して建てられた校舎で等が笑う。

「……いいですよね、一年生って。だって昨日までランドセル背負ってたんだもん」

暗い声で、かつては幼かったはずの男が濃紺のジャケットを纏い、等より高い目線からぼやいた。

　等はグレーのスーツで、ノータイだ。

「初めて中学二年生のクラス担任を任された、教師の心の叫びだな」

　声の主、癖の強い髪に眼鏡の佐原苫人は、三期後輩の等の同僚で、二年前いなくなってしまった等の親友の弟だ。

「ああもう絶叫したい。中学生の頃若い教師も大人に見えたけど……俺なんてまだ今年やっと二十五になるとこでなんなら中学生とたいして変わんねーっつの。三年生と十歳しか違わないことに気づけ、子どもたち」

　親友、佐原真人の家に大学一年生の時から出入りしていた等は、まさに苫人がやっと中学を卒業した頃からよく知っている。

　だから、苫人の言葉も、当時のようにすぐに砕けた。

「俺が出会った頃の佐原先生より今の佐原先生が十歳近く上って考えたら、めちゃくちゃ大人だよ」

　等の大学の同期で二年前に二十五歳で時を止めてしまった真人は、この三つ年下の弟、苫人の長い反抗期を気にかけて心理学科を選んだと言っていた。臨床心理士資格の実習で真人は、苫人が通っていたフリースクール「自由が丘学園」にまで実習で潜り込んだ。

「不思議だな。今思えば学年三つ、歳でいったら二つしか違わなかったんだな。俺が出会った頃の苦人くん。俺早生まれだから。なのにものすごく子どもに見えたよ。大人になったなあ」

　等の中では、出会った少年の頃で苦人の時間も漠然と止まっていた。

だから中学生と自分は変わらないという苦人の言葉とは裏腹に、見た目も、恐らくは中身もしっかりした青年になったことに、等は時々戸惑う。

「その名前で俺を呼ぶな。やめろその親戚のおばちゃんみたいなの」

　苦笑した苦人を、少しの寂しさで等は見上げた。

　苦人は地域に根付いた佐原リゾートを経営する佐原家の末っ子で、長男の賢人(けんと)、長女の友梨(ゆり)、次男の真人、と来て何故なのか苦人という子どもの揶揄(からか)いには打ってつけの名前をつけられてしまった。等は何度か会ったことがあるが、名付けたという父親は松本の名士で企業の会長に相応(ふさわ)しい固い人物だ。

「そんな言い方じゃなかったよ。凄かったのに、その名前で俺を呼ぶな！　……今みたいに落ちついちゃった時、実は俺も真人も寂しかったんだぞ」

　——すっかり落ちついちゃっただろ、苦人。

　少しずつ体は弱っていったけれど笑っていた椅子の上の真人を、等は昨日も会ったように思い出す。

　いや、本当にこの記憶は鮮明だろうか。昨日のようだろうか。

毎日何度でも真人を思い出すのに、最近等はふとそう思っては記憶を捕まえるように無意識に胸を摑んでいた。

「この緑黄色野菜と同じ名前への長い長い反抗期が終わったってのに、寂しいってなんだよ」

「あ、違う。つまんないって言ってたな。真人」

記憶の確かさを癖で追っていた等が、苫人の反抗期が落ちついた頃真人がなんと言ったのかをきちんと思い出す。

「つまんない⁉」

「まあ、真人の言うことだから」

うっかり口に出したことを等は後悔したが、この言葉で苫人も気勢がすぐに下がることは知っていた。

「……そうだな。真人兄の言うことだ」

今も佐原家に行けば真人が笑ってそこにいるように、等と苫人は話をする。

「俺たちが同僚になって、真人兄びっくりしてんだろうな」

「私立開智学園中等科、社会科担当神鳥谷等です」

「理科担当佐原です」

同僚になって三年目の春が訪れたが、等と苫人にもこれは想像しなかった不思議な未来だ。

「でもそれも、選択肢でいったら松本の新設の私立だからここ。俺の時は社会科教諭募集ここしかなかった」

十年前に新しく建てられたが故にか、校舎は逆にアンティークな英国デザインで、制服も変に凝っていてどう見ても英国のイートン校を模している。

「俺も私立に勤めたかった。異動がないから」

等と苫人が松本を離れないで済む私立校を選んだのは、二人ともが就職したとき何処にも行けない真人がまだ確かに、笑ってそこにいたからだ。

「教師になったら、同僚になるのはそんなに不思議でもないか。どっちかってえと、不思議は二人とも教師になった方だな。いや不思議じゃねえ、真人兄のせいだ」

「せいなのか」

「せいだ。俺やっぱり向いてなかった気がする、教師……」

「それは、俺も何度も通った道だけど。その道を通る度に俺が思うのは」

「なにっ⁉」

中学教師三年目で二年生のクラス担任になった苫人は、三年先を行っている先輩から救済が与えられるのだと信じて勢いよく訊いた。

「俺、心理学科だったから。実習単位、臨床心理士の方を先にとっててさ」

「ああ、真人兄がうちの高校来てたみたいな」

「そうそう。まさに苫人くんが通ってた自由が丘学園みたいな学校のスクールカウンセラーや、更にもっと深刻な現場で心理士やってた可能性もあるわけで」

何故教師になろうと等が思ったのかといえば、真人のお別れ会のときに苫人が言った言葉のままだ。

あの時の苫人の言葉に従うなら本当はスクールカウンセラーを目指すべきだったが、それは等はどうしても自信がなかった。

「それに比べたら中学教師の方がやれてるって思うのか？　だったら俺、企業の研究員になりたかったよ。二十四時間細胞とだけ会話する」

「佐原ー！」

細胞とだけ会話したい苫人を、思い切り呼び捨てにして二年生の榎本由麻が廊下を駆けてくる。

「……き、た」

イートン・ジャケットとのバランスを無視してスカートを短くしている榎本に、苫人が追い回されていることは既に職員室でも注視すべき問題として共有されていた。

「探したー、もう。相談あるって言ったのに酷いよ！　相談だよ⁉」

長身の苫人の腕に絡まった榎本の甲高い声に、昇降口にまばらにいた生徒たちも皆振り返る。

「手を放しなさい」

この苫人の姿を校長や教頭や学年主任が見たなら、きっと教師三年目とは思えない落ち着いた対応を評価されただろうと、等は心の中で小さく拍手をした。

「どうして？　あたし腕を組みたい」

「私は君の担任教師です。佐原ではなく、佐原先生と呼びなさい」

ほとんどＡＩ並みの平坦さで言って、乱暴にならないようにそれでも力強く苫人が榎本の手を腕から剝がす。

中学二年生の女子は極端に心身が成長する子もいて、長く伸ばした髪を巻いている榎本は制服を着ていなければもっと大人に見えるだろう。

「酷い。化学準備室で待ってるって言ったじゃない。あたしずっと待ってたのに」

教師一年目に時折校内でも「俺」と言っていた苫人が、二年目には「僕」となり、そこで留まればよかったものをこの四月に榎本にこのように懐かれた結果「私」まで拗(こじ)れたと、等はため息を吐(つ)いた。

「……佐原先生のことは、僕が引き留めたんだよ。榎本さん。放課後に申し訳ないけど今日どうしても佐原先生に手伝ってほしいことがあるんだ。ごめんね」

助け船というほどのことでもない、どの同僚教師でもこうしたであろう手を等が苫人に差し伸べる。

「あたしが佐原と約束してたのに。酷い！」

ふざけて聞こえない、本当に憤(いきどお)った声を残して、榎本は何処かへ走って行った。

「約束なんか、何も、してない……」

すっかり疲れ切って、苦人が呆然と呟く。

「酷いって、何回言っただろあの子。それにしてもすごい懐かれようだな。まだあの子の担任になって十日ってとこなのに」

「俺、かっこいいからな……」

「すごいね苦人くん。大丈夫？」

「だって他に理由見つからねーもん、あの勢いこの速度で懐かれる理由。大丈夫なワケねえだろ。見たらわかんだろうが」

「魔の中学二年生って、大学の時教職の単位で誰か言ってなかったか？　魔だよ、魔。魔とは二人きりにならない方がいいし、もしなったら録音しといた方がいいよ」

あのタイプは何をするかわからないとまではさすがに口に出さず、ギリギリなんとか苦人を守れる方法を等は告げた。

「魔か……」

確かに「魔」だと言いたい口を閉ざして、苦人が大きくため息を吐き出して気持ちを切り替える。

「等」

真人の弟でしかなくなって、苦人は等を呼んだ。

「家の用事」

体育館の方を苫人が親指で指す。

五月七日が近づいていることには、等はとうに気づいていた。

年老いていくように見えた梓川釈迦堂の枝垂桜の下に、ついこの間一人で座ったので。


校舎自体もどうやら英国のイートン校を模して造られた体育館の窓は高く天辺が丸くて、四月半ばの夕方の光は淡い虹のようにきれいだ。

「俺たちが知らないだけで、うちの学校イートン校の姉妹校とか兄弟校だったらどうする……？」

就職活動の頃はいなくなってしまう真人のことばかり考えていて気づかなかったが、模しているのではなくイートン校と親戚か何かなのかもしれないと、体育館の二階回廊に座り込んでふと等は思った。

「は？　今更何言ってんの？　高等科から何人か、毎年イートン・カレッジにサマースクール行ってんじゃん」

隣に座っている苫人が、眼鏡の奥で目を剝く。

「え⁉　俺こないだテレビつけてたら、世界旅行番組みたいなのでイートン校映ってさ。やけに似てるから、校長が好きなのかと思ってた」

美しい建築や歴史が映し出されて、「うちの学校が何故(なぜ)」と等はテレビの前で首を傾(かし)げたばかりだ。

「いや、でも近いんじゃね？　そういうミーハー心の学校が日本中にあるらしいよ」

「なんで苦人くんはそんなにちゃんと知ってんの？」

「それはここ受けたときに学校案内に書いてあったからじゃないですかね！　神鳥谷(ひととのや)先生!!　確か六年目じゃないんですか!?　だから自分たち教諭もジャージは基本禁じられてこんな大仰なジャケット着てるんですよ！」

「声でかいよ！　……あんまり記憶ないなあ、俺。真人に出会ってから二年前までって、真人以外の記憶があんまりない」

ようやく自分にも世界が見えてきたようだと、等が膝を抱えて苦笑する。

けれど苦人は、二年前まで兄の親友の視界に兄しかいなかったこともよくわかっていて、言葉は何も出て来なかった。

「その真人兄の、え？　ナニソレ三回忌？　五月七日がやってきます」

「そうですねえ、二年かあ。今年も真人の悪口の宴？」

等の親友、苦人の二番目の兄真人は、二年前の五月七日に二十五歳で時を止めた。

その週の日曜日に、佐原(さはら)家長男の賢人(けんと)が経営している松本高原ホテルで盛大なお別れ会が行われた。企画は全て、真人が自分で計画して決めておいたことだ。

ドレスコードは、盛装。お手持ちの最も派手で華やかな美しい衣装。モーニング以外はモノトーン厳禁。新調はどうぞご自由に。

等は真人にプレゼントされた朝焼け色のドレスを着て、苫人は弟の責任で司会進行を務めた。

「去年一周忌の時、等がそれ決めてくれたけどさ……」

「しょうがないよ。お母さんや友梨さんが泣くのは」

泣くな、泣くなと笑っていた真人の意思に沿おうと盛大に悪口を言いながら食事をするはずだった一年目の佐原家の居間は、瞬く間に真人の母と姉の涙でずぶ濡れになった。

二人は「みんなに悪いから」と席を外そうとしたが、「真人の話はみんなでしましょう」と等が引き留めた。

「……姉貴の泣き方見ちゃうだけで、俺泣かないで頑張るの十日分くらいしんどい。マジで偉いよ、等。ホントに一回も泣いてねーの？」

「約束したからなあ、真人と」

泣くな、泣くなと真人は笑った。

それでも苫人が言うように、友梨が泣くのを見ているのはとても辛い。友梨はそのまま倒れてしまうのではないかと心配になるほど、体中の水分が流れてしまうように泣く。

――泣くと消耗しない？　単純に。

真人が言ったように夜ごとに泣いていた友梨はボロボロになって、半年仕事も休んで佐原家が持っている離島の別荘で母親と二人で過ごした後、実家を出た。

「でも、一応姉貴から伝言預かってる。もうあんな風に泣かないから来てってさ」

「そっか」

「少しぐらいは泣いても許してって」

「そっか」

真人がいないこの世界に、等自身まだ慣れていない。それでも二年が経って、一年目よりは泣かないというのは普通にあり得ることかもしれないとは思えた。

「本当かもよ。だって姉貴、結婚するって」

「え⁉ あ、でもそっか。友梨さんならいつ結婚してもおかしくないよな」

友梨さんならと等が言ったのは、ただの一般論だ。友梨は美しく、年齢的にも年頃なのかもしれない。子どもの頃から勉強ができたそうで、真人が十三歳のときに心臓のことがわかって、友梨は医学部に入って心臓外科医になった。

「それはよかった」

友梨が心臓外科医になったことについて、等は普段多くを考えないようにしていた。

おおらかといえば聞こえはいいが、雑で大雑把(おおざっぱ)で、けれどやはりおおらかななんでも許してくれる二つ年下の弟。その真人に神経質だった友梨は子どもの頃からずっと許してもらいながら生きてきたと泣いていた。

「……よかった」

最後の病室でも、友梨は医療用の上下を着ていた。

少女の頃心臓外科医になろうと決めた時には、きっと真人を引き留められると信じたのだろうと、ずっと後になって等は友梨が経た道の残酷さに気づいた。

「うーん」

けれど実の弟である苫人は、友梨の結婚に良い声を聴かせない。

「何。友梨さんの結婚相手、気に入らないの」

「うーん」

尋ねた等にもう一度同じ声を聴かせて、苫人は淀んだ声の訳を語ろうとしなかった。

「一度、うちに連れて来た」

「もうご家族に挨拶(あいさつ)したんだ？」

「うん。だから三回忌の悪口の宴に来るかもな、姉貴の恋人」

こめかみの辺りをポリポリと掻いて、友梨の婚約者について苫人はどうしても自分の口では語らない。

「ま、ご覧あれ。等はまだ、毎日真人兄の夢見てんの？」

澱(よど)みなく苫人が言ったので、友梨が結婚する話と、真人がいなくなってから一年毎朝自分が真人の夢を見ている話がどう繫がっているのだろうかと、等は首を傾げた。

真人がいなくなって、等は毎朝真人の夢で目覚めるようになった。この世界に真人はもういないと絶望するところから、一日が始まる。

最初の夏に限界を迎えて、早々に苫人の母校のスクールカウンセラー小野寺(おのでら)に相談に言った。それをここで苫人に打ち明けたのが、丁度一年前の今頃だ。

「時間は、本当に薬だった。毎日は見なくなって、勝手なもんでそれはそれで寂しくなって。で、冬に雪を踏みしめながら松本城行ってさ」

最初に真人の夢を見なかった朝、等は目覚めてただ呆然とした。

寂しいと今言葉にしたけれど、そんな生易(なまやさ)しい感情ではなかった。真人の夢から始まる朝は苦痛だったのに、見ない朝が訪れたことは絶望に近かった。

「なんで松本城」

「よくわかんないけど、真人が何かっちゃ松本城って言ってたから」

「それ松本市民だからだよ」

「え?」

「松本市民は松本城だ」

「ああ……そっか。俺松本出身じゃないからな」

言われれば松本市民のアイデンティティはだいたい松本城だとは等も知っていて、真人にもそんな人並みなアイデンティティがあったとは息が抜ける。

「毎朝は夢、見なくなって。それで松本城行ったら、激しい反抗期きた」

幾度かは真人とも行ったことのある松本城公園の冷たいベンチに座って一人でぼんやりしていたら、等は突然無闇矢鱈に腹が立った。

ベンチが冷たいのもいけなかったのかもしれない。寒すぎた。

「真人兄への?」

「うん。もうおまえのことなんか知るか。おまえのことなんかもう考えねーよ! って、声に出てたかも。無性に腹立ってきて頭に血が上って」

あの寒さはもしかしたら、苫人の母校自由が丘学園の屋上での惨事を想起させたのかもしれないと、今になって等が気づく。真人が大きくしでかしてくれた、クリスマスの事件だ。

「わめいてたかもしれないけど、結局真人と喋ってんじゃんって気づいて。そんで反抗期はその場で終了した」

「意外と理性的だな……等って自分のこと以外はそういえば落ちついてるよな。そこは昔から」

「違う。自分のことじゃない。真人のこと以外は結構ちゃんと考えられていると自分でも思う」

「あ、そっか」

すぐに苫人が納得するのに、小さく等が苦笑する。

真人のことは、いつまでも落ちつかない。終わらない。せめてこんなに胸を騒がせてくれるなと願う日もまだ多い。

「そんで、最近はクリスチャンになりたいって思って」

「は!?」

「日本人ってだいたい宗教に対してそういう反応だよな」

素っ頓狂なことを聴いたように目を大きくした苫人に、そんな予想はしていて等は肩を竦めた。

「日本のキリスト教徒って話しやすいよ。差別は駄目だとか、そういう基本は産湯で浸かってる感じ」

「あんまり会ったことないし、考えたことない」

「俺も最近気づいたんだけど。歴史の授業の準備してて、ちょっと読んだら聖書の言葉が気になり出してさ。楽になる答えみたいなのがたくさん書いてあるんだぞ?」

「……楽になるなら、入れば。キリスト教」

素っ頓狂な話を聴いた表情はもう引っ込めて、茶化さず静かに苫人が息を吐く。

「真剣に考えたけど無理だった」

「なんで」

「信仰告白ができない。本気でクリスチャンになろうって思って調べたら、神様信じてるって告白しないといけないみたいで。神様信じてはいないからなあ」

どうしてもその壁は乗り越えられなかったと天井の光を見上げる等は、すっかり信仰の主旨を見失っていた。

「……不憫になるくらい真面目だな、相変わらず」

「苫人くんだって真面目だよ。俺のこんな話にもつきあって。それに榎本さんへの接し方さっき見て、感心した」

一度目を見開いただけで静かにしてくれている苫人に等は感謝しかないし、くせっ毛の髪をくしゃくしゃにしながら頭を抱えている割には、苫人は生徒に実直だった。

「中学二年生女子にカチンコチンだぞ?」

「だからだよ。子どもを侮ってない。人を侮ると大変なことになる。子どもは特に」

「人を侮ると大変なことになるって、なんで? 痛い思いしたことあんのか? 等は」

重々しく言った等に、等が他人を侮って大変なことになったなどと想像もつかないし話にも聴いたことがないと、苫人は不思議になった。

「それもう」

何故なんでだと思えるのか、逆に等は訊きたい。

「真人だろう!」

「……あああああ、それはそれはもううちの兄がー、本当にー」

キッ、と目を吊り上げた等に、肝心な足元が見えていなかった苫人はひれ伏した。

「侮りはしなかったけど。なんつうか」

こんなことになるとはもちろんどの地点でも想像しなかったと、小さく等が体を丸める。

「思ったようにはならないな。他人との時間は」

春の夕方の光は体育館の埃(ほこり)を硝子(ガラス)のように浮かせて、ぼんやりと等はただ窓の方を見上げた。

「楽になるって、どんな言葉書いてあんの？　聖書」

家族の悲しみも、苫人は日々見ている。自分の悲しみも知っている。

それでも等の喪失は等の喪失でしかないと、苫人は知ってくれていた。

「生るるに時があり、死ぬるに時があり、植えるに時があり、植えたものを抜くに時があり」

もう覚えてしまった言葉を、等が光に溶かす。

「殺すに時があり、癒(いや)すに時があり、壊すに時があり、建てるに時があり」

「……確かに。なんか、楽になるかも」

ヤバイ、と苫人は子どものように小さく言った。

「愛するに時があり、憎むに時があり」

確かにヤバいと、等も笑う。

「コヘレトですね」

不意に、回廊の角から少年のような少女のような声が掛けられた。

「二戸(にと)くん……」

ここが本当に英国なのではないかと見まがうほど丈(たけ)が少し長めの制服が似合う男子生徒は、

等が受け持っている一年生の二戸羽瑠だ。

「お、先生たちがこんなところでサボってるの見られて。バツが悪いな」

二戸を知らない苫人は、軽口をきいて笑いながら立ち上がった。

「なんという空しさ、なんという空しさ、すべては空しい」

にこりともせずに、二戸は慌てて立った苫人とまだ立てないでいる等を、幼子のような顔でまっすぐ見ている。

「えっ!?」

何を言われているのかさっぱりわからない苫人は、意味も呑み込めずただ訊き返した。

「二戸くんの『コヘレトの言葉』は、僕が持ってるものと訳が少し違うみたいだね。僕のはそこは、『空也』だったと思う。……旧約聖書の中の言葉なんだ。コヘレト」

固まっている苫人に小さな声で説明しながら、ゆっくりと等は立ち上がった。

「先生も人也です。放課後にサボっているも何もないです」

「そう……あ、ありがとう。ありがとう?」

どう対応したらいいのかも全くわからない苫人は、ひたすら動揺のままにいる。

「コヘレト、好き?」

苫人よりは僅かに十日分二戸を知った等は、猛獣に近づくようにそっと問いかけた。

「好きというよりは、漫然と自分が抱えている感情がきれいに明文化されていて思考の整理に役立ちます。コヘレトそのものを語れる語彙は、僕の中にはまだ存在しません」

「そう……」

「失礼します」

どうやらこの体育館の回廊で何かしらの本を読みにきたらしき二戸は、二人の前を通り越して独りになれる場所を探しに歩いて行った。

「気をつけてね……回廊、高いから……」

しっかりとした足取りの少年に何を言っているのだろうと笑顔を固まらせながらも、担任教師としてできる限界までを等が務める。

「怖い……」

二戸の気配がすっかりしなくなったところで、堪えるすべも考えもなく苫人は声にしていた。

「だろ？　何が怖いのかわかんないくらい怖いっつうの。てってれー」

二戸からしたら榎本などそれほど怖くはないと等は言いたかったが、さすがに今二戸が目の前を通って行ったのに教師が言っていい言葉ではないと呑み込む。

「なんだよそれ。てってれー」

「苫人くん、言ってたじゃない」

疲れがどっと襲って、等は座り込むというよりへたり込んだ。

「俺が？　てってれーって？」

「そうじゃなくて。俺たち、見つけるのがきっと上手いって。人と違うことが怖くて堪らない子。だから教師になったんだって」

真人のお別れ会を終えて、教師になったばかりの苦人が言った言葉を等が反芻する。

「うん」

「とりあえず多分、彼は人と違うのは怖くないみたいだし。仮に内心怖かったとしても」

等も、苦人も、人と違う自分のことを考え続け時には恐れた十代を過ごした。

「見つけて、そしてどうしたらいいのやら……」

がっくりと頭を落として、力なく等が言う。

「そんな教師六年目です」

「三年目です……見つけてどうしようとしてたんだろうな？　生け捕りにでもするつもりだったのかな？」

打ち明けた等と何も変わりはないと、苦人は初年度の志などとうの昔に見失っていた。

「真人みたいなやつに助けてほしい子って苦人くん言ってたから、お助けするつもりだったのかもな。俺たちは」

「とりあえずあの子には今のところ助けはいらなさそうだ……む、りょ、く！」

「あ、それ」

力強く苦人が己の無力を訴えるのに、等がとても大切に覚えている言葉の一つを思い出す。

「小野寺先生が言ってた気がする。無力さを知ることが一歩目なのです……みたいな。俺が病院実習の話したとき」

真人が苦人の学校で実習をしていた時に等は訪ねていて、小野寺が何気なく言ったことを何故だか今も覚えていた。

「さすがスクールカウンセラー」

「多分スクールカウンセラーって、俺たちのこと助ける仕事じゃないと思うよ……。そんで真人に、未熟なのに万能感に溢れてて危険って激怒してた」

どこ吹く風の真人をはっきりと思い出して、自然と顔が綻ぶ。

——俺はいつでもまっすぐ歩いてるよ。

けれど、その後大きく笑って屋上への階段を上がって行く真人を、等は同時に思い出した。

いつでもまっすぐ歩いている、迷わない真人を、思えばあの頃等は太陽のように羨望とともに見つめていた。けれど真人は、まっすぐにしか歩けなかったのだ。道に迷う時間がないのを、真人は知っていた。

きっとあのとき真人が言った「まっすぐ」と、自分が信じた「まっすぐ」は、まるで違ったのだと今更思い知る。

「屋上、寒かったな……」

真人のいない世界を歩いているのに、最近等はこうして一つ一つ、真人と同じものを見て同じ言葉で話していたと信じていたのに、本当はまるで違っていたと知ることがあった。

それはもう取り返しのつかないことで、ただ辛い。

「等」

真人の話から等が何処か暗いところに落ちたときに、苦人は気がついてくれる。

「ま、とにかく五月七日はうちで食事なので。とびきりの真人兄の悪口をお持ちの上おいでください」

「悪口に整理券がいる」

苦人の手を借りて、等は顔を上げた。

「そんで……」

目を見て、何か言い掛けて苦人がそのまま言葉を切る。

「酒の一本も持ってくよ」

「まあその辺はご自由に」

眉を上げた苦人が呑み込んでくれた言葉が、等には聴こえた気がした。これももしかしたらただの気のせいかもしれないけれど。

もうワンピースは着ないのか?

苦人の目がそう尋ねているように見えた。

真人のお別れ会から二年、等はまだ、一度もワンピースを着ていない。

一九二〇年代風の、ドレープのきれいな朝焼け色のワンピース。

教師になったときに学校の徒歩圏内に引っ越した等のワンルームの部屋には、真人がワンピースだと手紙に書いた実際はドレスとしか言いようのない美しい服が、ずっと壁に掛かったままだった。

「ただいま」

部屋に帰って、毎日こんな風に声を掛けるわけではない。

今日は苫人と、二度目の五月七日の話をした。それで等は真人がくれたたった一枚の自分のためのワンピースの前に座り込んだ。

二年前のお別れ会のあと白い壁に掛けて、タペストリーのように日常の景色に思える日も、心が捕まる日もある。

等は物心がついた時から、ワンピースが着たくて着たくて気が狂いそうだった。「女の服」が着たかった。女の服はとてもきれいで、「好きな色を選びなさい」と笑ってくれたやさしい祖父の前で淡いピンク色のランドセルを選び抜いたら、そのやさしい祖父が倒れた。両親は見たこともない大喧嘩を始めた。

小学校に上がった時、家族が恐れたのは人と違うことに耐えられない自分かもしれないと気づいた。母親が勧めてくれた紺色のランドセルは、人と違うことが怖くてしかたない等を、確かに守ってくれていた。

「……人と違うこと、じゃないな。人と違うことを知られるのが怖くて堪らない俺だ」

どうやら心が女性というわけでもない。派手に着飾りたいわけでもない。

こんな朝焼けのようなきれいなワンピースが着たくて着たくてもう自分は狂っているのではないかと思いさえした自分を、等はひたすら隠し通して大学一年生になった。

自分がいったいなんなのかもわからず、それを知ろうとして心理学科を選んだ。

「浅はかだな、子どもって。あ、違う。俺が浅はかなんだ。心理学科入って自分がなんなのかわかったら、誰もインドやネパールまで行かないっつの」

その心理学科が全く似合わない佐原真人と、大学で出会った。

一年生の夏に、松本市街の洋品店で軒先に下がっていたワンピースがきれいで、初めて等はそれを自分の体に当ててしまった。偶然、真人にその姿を見られた。

あの時の幻のようなワンピースは、確かに真人がくれたこのきれいな朝焼け色だった。

「そうか」

ふと、何故あのとき初めて自分が、己に禁じ続けていた絶対に着ては駄目だと言い聞かせていた「女の服」を街中で当ててしまったのかに、九年後の等は気づいた。

「同じ長野県でもうちのダムのそばのど田舎で、だいたいこ洒落た洋品店なんかなかったけど松本は都会だから。手に取れるところにあんなきれいなワンピースがあったの、あれが初めてだったんだ」

禁じ続けていたけれど、初めて手の届く距離に誘惑があった。

誘惑に負けて、体に当てて鏡を覗いた。

「運命とかじゃないな。偶然だ」

たまたまそこに、真人が通りかかった。

女の服が着たくて着たくて仕方ない、祖父の寿命を縮め両親を険悪にした自分の「呪われた秘密」が他人に露呈して、等は貧血を起こした。

「真人に会った最初の頃のこと、ほとんど覚えてないんだよな……」

等はずっと自分のことでいっぱいいっぱいで、二年後苫人の母校の屋上で真人が発作を起こしたときに初めて名前を叫んだから、「友達だよな?」と真人は心臓外科の病室で病気のことを等に打ち明けた。

——友達なら言っておかないとなんないことがある。

「あの時のことはめちゃくちゃ覚えてる。さすがに真人も、あんときは笑ってなかった」

——俺、そのうち死ぬ。

「……笑ってなかったっけ」

そこからの真人との五年は鮮明に刻み込まれた記憶だと信じていたのに、いつの間にか曖昧になってきていると日々知る。

「七年も一緒にいたのに。あんな」

めちゃくちゃなやつと、しっちゃかめっちゃかなやつと、と真人を罵（ののし）ろうとして言葉が出て来ない。

僅かにだけれど記憶が色褪（あ）せていることに、今はっきり気づいた。

当たり前だ。丸二年が経つ。真人がいなくなった。

座り込んで膝を抱えて、朝焼け色をただ、等が見つめてる。

「いつ自分が歩き出すのかわからない」

立ち上がれず、ため息のように呟いた。

「俺、相変わらず迷子だよ」

おまえ迷子だから。

真人の声が耳元ではっきり聴こえた気がして、ようやくやわらかい息を長く吐く。

「これがおまえのいない世界だ、真人」

何も予定のない四月の日曜日、等は最初に真人に会った場所に行ってみようと駅近くの中町商店街を歩いていた。

「どの店だったかな」

中町商店街は駅からも松本城からも近く、蔵の多い街並みだ。

すぐ見つかるような気がしてあの時の店を探しながら歩いてみると、思ったより若者向けの洋服屋は多かった。

「よく考えたら、十年近く経ってるのに」

店もないかもしれないと、真昼のよく晴れた中町商店街で立ち尽くす。

その店を見つけて、思い出に浸ろうと思ったのではない。だいたい等はそのときのことをよく覚えていない。

だから、何か忘れてしまっていることを思い出すのではないかと思った。

「なんだか」

こんなに湿っぽい気持ちになるのは少し久しぶりだと、肩を竦める。あの時のワンピースがまだ軒先にないだろうかとまで、期待していた。

「あるわけないだろ……」

カフェのガラスに、自分の姿が写る。

真人に出会った頃はまだ、少年だったのかもしれない。それさえよく覚えていないけれど、今の自分は間違いなく大人の男だ。

これ以上大人の男になる前に、もう少し着ておくべきなのかもしれない。ワンピースを。

いや、ワンピースは自分にとって「着たい」ものであって「着るべき」ものではなかった。

「……そろそろ俺もこういうときに、自分の頭が無駄回転してることには自力で気づけるようになってきた。あれ？」

じっと見ていたガラスの向こうに、見知った顔を見つける。

カフェのテーブルには苫人が、随分と不貞腐れた顔をして座っていた。同じテーブルに女性が同席している。

「彼女ができたのに教えてくれないのか薄情な……いやいやちょっと待て」

よく見ると彼女だと思った女性は、苫人が受け持っている二年生の榎本由麻だった。

驚いて声が出そうになった口に手を当てて、カフェの前に立ち尽くす。

見なかったふりをする訳には行かず、等は二人の様子を見ていた。自分の知っている誰かに限って生徒に手を出すなどという考えを持っては駄目だと、こういうことは学生時代教職の講義の中で繰り返し叩き込まれている。教師になってからも、スクールカウンセラーの講習などでなお強く叩き込まれていた。

「それにしたって」

仏頂面で苫人は、榎本が何某か可愛らしい甘そうなものを食べてなおかつ話しているのを聴いている。

榎本は笑っていた。大人びた服装を好んでいるのか、角度によっては中学生には見えにくい。

五分ほど観察して結局何も判断がつかず、等はカフェに入ることにした。

「いらっしゃいませ。お一人ですか？」

愛想のいい身ぎれいな女性に挨拶をされて、「すみません、ちょっと」と頭を下げて苫人と榎本のテーブルに行く。

「榎本さん。佐原（さはら）先生」

自分に気づいて笑顔から突然こちらを睨みつけた榎本を先に呼んで、目を剝いて振り返った苫人を等は呼んだ。

「偶然ですね」

何かプランがあって近づいた訳ではない。

なんにせよどちらにせよ、止めに入らなければならない事態だ。

「ひと……神鳥谷（ひととのや）先生」

呼びかけた苫人が、最初に「等」と名前を呼びそうになったのはわかった。

じっと、苫人は等を見上げている。

「榎本さん。僕、佐原先生に大事な用があってね」

「いつも神鳥谷は邪魔ばっかり……こっちだって大事な約束だったのに……っ」

テーブルをひっくり返さないのが不思議なくらいの癇癪を起こして、榎本は立ち上がった。

「酷い！」

大人びた空色のワンピースを翻らせて、走ってカフェを出て行く。

「……大事な約束なんて何も」

そこまで言うのが精一杯という疲れを見せて、苫人は眼鏡を外してただせさえ癖のある髪をくしゃくしゃくしゃにした。

「今の」

立ったまま等が、憔悴しきっている苫人を見つめる。

「『助けてくれ』と縋るように苫人は等を見た、で合ってる？　苫人くんの目」

「当たり前だろ！　他にどんな解釈があるっていうんだよ!!」

疑われて激高したというより、疲れから勢い余ったと上ずった苫人の声が教えていた。

「よかった。……すみません、コーヒー一つ」

空いた榎本の居た席に着いて、何か可愛らしい甘そうなものを等が下げてもらうようにテーブルの端に避ける。

「よかったってどういうこと。俺が榎本とデートしてるんじゃやなくてよかったたってこと？」

「それもあるけど」

今度はきっちり憤った苫人にあっさりと頷いて、等はコーヒーを待った。

「最近、たまに答え合わせが外れてたことに気づくから」

「なんの話」

明らかに苦人は気が立っていて、等は生徒といるような、子どもだった苦人といるような気持ちになる。

「こう思ってたんだろうって思い込んでたことが、きっと全然違ってたって気づくんだ。今になって。だから、苦人くんが今思ったことと俺が察したことが一致しててよかった。の、よかった」

「ブレンドです」

過去形で言った等の前に、ホットコーヒーが置かれる。まだ四月なのに今日は少しあたたか過ぎて、アイスにすればよかったと湯気を見て等は後悔した。

等ももちろん動揺したのだ。榎本と苦人が、日曜日に私服でカフェにいたことに。

「……もう、いねーのに?」

過去形は真人のことだとはわかって、大きく息を吐き出してすっかり気勢を下げて苦人が尋ねる。

「うん。いないのに気づく。気づくって言うよりは、答え合わせだよ。本当に。その時は気づかなかったけど、後になって俺が想像したことと真人の気持ちは違ったかもしれないってふと気づく」

なんでと、苦人は言わなかった。

尋ねてこない苦人に、苦人にも同じ日があるのかもしれないと等は思った。

「同僚として話す？　それとも真人の親友として話す？」

どちらで相談に乗るのが望ましいか、苦人に問う。

「同僚」

「生徒と個人的に会っちゃ駄目だ」

「もちろんわかってるよ、そんなこと」

「じゃあ、わかっててどうしてこうなったのか話してくれる？」

特別な言葉は見つからず、同僚として当たり前のことしか等も言えなかった。

「一昨日(おととい)、鞄に手紙入れられて」

「手紙か。古風だな。学校で使ってるネットワークシステムの連絡網もあるのに」

「誰かしらに見られると思ったんじゃねえの？　実際担任以外にも検閲(けんえつ)可能だし。手紙にこの場所と、時間が書いてあった」

「それは理由にはならない。他には何が書いてあったの」

問題の本質から苦人が逃げたのはわかって、等の言葉も自然と問い詰めるように固くなる。

長い間を、苦人は置いた。

「問題になったら、言いたくないじゃ済まないよ」

「もう、二度と来ない。大丈夫だ」

俯いて、苫人が呟く。

この件に関わるほとんどのことを、苫人は打ち明けていない。大丈夫という言葉を信じる材料は、まるで足りなかった。

それでも等は彼の兄の親友として苫人を信じることはできるけれど、同じように案じもする。苫人のことも、そして中学二年生の少女のことも。

「あの子は」

苫人にこれ以上話す気がないのはわかって、去っていった少女について等は語ろうとした。

魔の中学二年生である、榎本由麻が自分にはどう見えているか。

けれどそれは等に見えている彼女でしかなく、言葉にするのを許されるはずもなかった。


四月も終わりに向かい、五月七日が近づいてきて苫人(とまと)は何かと家族からの伝言を等(ひとし)に持ってきた。

「お酒は好きに持ってきてくれていいけど、食べものはいいですって。母が申しておりました」

祝日前の金曜日の昼休み、瀟洒な校舎一階の廊下で等を呼び止めて、苫人が畏まって苦笑いをする。

「なんでわざわざそんな」

「今年はお袋、腕振るうってさ。去年は仕出し頼んでただろ」

言われたら確かに去年は長男経営の松本高原ホテルからの仕出しだったと、等も一周忌の食卓をぼんやりと思い出した。

「そうだった。ところで前々から疑問に思ってたことがあるんだけど、訊いてもいい？」

それだけ真人の母は元気になったということなのだろうかとは問わず、天窓から真昼の光さす広い廊下で等が苫人を見上げる。

「何」

わざわざ改まられると苫人が動揺するのは、榎本のことがあるからだろう。

「確か真人も、友梨さんも母さんだった気がするんだけど。なんで苫人くんだけお袋さんなの？」

いくら何でも古典的過ぎやしないだろうかと、等はふと尋ねた。

「緑黄色野菜と同じ名前つけられたから、反抗期の賜物。父さんのことは、真人兄も親父だったよ。多分俺につきあったんじゃないかな？　賢人兄は父さん。親父の会社に入ったからかもしんないけど、年が離れててその辺は俺も記憶喪失」

「ごめん。想像通りなのになんで訊いたんだろ、俺」

「答え合わせ週間なんじゃねえの」

あ、そっかと、苦人に言われて小さく等が呟く。

打ち明けた言葉を覚えていてくれるのは、それがまだまだ自分たちにとってとても大きなことだからだ。きっと。

それは答え合わせせず、二人はそれぞれの教室に向かおうとして歩いた。

「佐原先生」

不意に、若い女性の声が、けれど厳しく苦人を呼び止める。

「……はい」

苦人が怯んだのは、保健室を訪ねる生徒には菩薩のようだが、同僚には鬼子母神と名高い養護教諭の水野登和が、鬼子母神の顔でツカツカとやってきたからだ。

「あ、じゃあ自分は。はい」

確か自分より年下のはずの白衣の水野に、聞くなと目で命令されて等が距離を置く。

「生徒たちが保健室に自由に話しにくるのはご存じですね？」

所謂保健室の先生である水野は、開智学園中等科のスクールカウンセラーの役割も担っていた。と言っても水野が自主的に生徒たちを見守っていて、正式なスクールカウンセラーは他校と持ち回りで決まった日に来る。

「はい」

「私はそのお喋りについて絶対に誰にも漏らさないことで生徒たちの信頼を得て、そして守ろうと努めています」

「ご立派です」

「ふざけてるんですか⁉」

最初から水野は相当気が立っているが、苫人も立派に「ご」をつけたのはまずかったと、離れたところで等はそっと話を聞いていた。

「けれどそれで守れない場合は、信頼を失うことになっても職員会議にかけるなり警察に相談するなりします。教師が中学二年生の生徒を恋人扱いしたならば、それは間違いなく犯罪です」

はっきりと、間違いなくあなたのことですと水野が人差し指でまっすぐ苫人を指す。

「そういった事実は、私にはありません」

「もちろん子どもたちは空想もするし、それを現実と混ぜて語ることもよくあります。けれど私服で街を歩いていたところを見たと複数人が語るなら、空想だと思う方が難しいですね」

「私は」

「しかも一度ではないそうです」

一度ではないと聞こえて、等も息を呑んで立ち尽くした。

——もう、二度と来ない。大丈夫だ。

その言葉を聞いたのは二週間前だ。今日生徒が話していたなら、その後があったと考えるのが妥当だろう。

「……私も困っています」

「では佐原先生が、私なりスクールカウンセラーの真下先生なりにきちんと相談にいらしてください」

「わかりました」

その場で苫人は、水野と相談時間を決めていた。

苫人が素直に従ったことで多少安堵したのか、水野が踵の音をさっきより小さくして保健室に戻っていく。

水野は生徒たちが何より心配で、そのことには正しさしかないと等もわかっている。

予鈴が鳴った。

二人きりになった廊下で、苫人は等の目を見られないでいた。

嘘を吐かれたことは、思ったより等にも堪えたが今話すことではない。それに苫人は、ちゃんと養護教諭やスクールカウンセラーと情報共有すると今決めた。

「真人になるの？　苫人くん」

けれど養護教諭やスクールカウンセラーが知り得ない苫人を等は知っていて、それが大きな不安だ。

「俺そこまでバカじゃねえよ」

「ならなんで」

「ちゃんと、水野先生には全部話す」

には、と苫人の口が滑ったので、等は自分には打ち明けられないことがあるとはわかった。

「これは、本当に俺の個人的な感覚でしかないけど。あの子は」

二週間前のカフェでは決して言ってはならないと思ったはずのことを、言葉にする自分に等が戸惑う。

「見た目や言動で判断できることじゃないけど、真人に助けてほしい子には見えないよ。俺には」

榎本由麻（えのもとゆま）は他の生徒よりは感情を露（あらわ）にするけれど、大きな問題を抱えているように等には見えなかった。

「もちろん、見えない方が怖いこともある。実際」

けれど「見えなかった」生徒が、突然思いもかけないことをして自分自身を傷つけることは珍しいことではない。見えないだけで大きな問題を抱えているなら、それを聞こうとするのは大人の役割だ。

「けど」

「それも多分わかってる。わかってるって言っちゃいけないんだろうけど」

今等は、ただ苫人を助けようとしていて、苫人もお互いにその禁忌を破る理由は知っていると頷く。

「なら、なんで？」

大きな問題を抱えているように見えないし、榎本から打ち明けられてもいない。なのに苫人が榎本に従ってしまうのなら、次があっても防げないのではないかと、今度は強く等は問い詰めた。

苫人らしくなく、本当に困り果てたように等を見る。そのまなざしは、自分が困っているというよりも、等にこの話をしたくないとも見えた。

「真人の親友として、聞くよ」

「そっちなら余計言えない」

「俺は苫人くんの兄貴の親友なのに、苫人くんの窮地を助けられなかったら化けて出るだろ！」

最後の言葉に、ようやく小さく苫人が息を吐いて僅かにだが笑う。

「誰が化けて出るんだよ」

「真人は、本当に苫人くんの反抗期を心配してた。自分の病気のせいで、名前のこと辛いのに我慢してくれてるって言ってた。だから自由が丘学園にスクールカウンセラーの実習に行ったじゃないか」

「そんで大問題起こして実習クビになってたじゃん」

それが真人だと、なんとか笑って苫人は壁に背をつけて窓の方を見上げた。

だが笑いはすぐに消える。

一度俯いて、苫人は観念したようにまた顔を上げた。

「……来てくれないと死ぬって、言うんだ。手紙にも書いてある。来てくれないと死ぬ」

やわらかい乳白色の光を、苫人が見つめる。

「嘘ならいいけど、俺にはわからない」

死ぬという言葉に、苫人が全く理性を持って向き合えないことは等にもよくわかった。

死がどういうものなのか、苫人と等は知っている。二年前に、知ったばかりだ。

真人のいない世界を、自分たちは二年、歩いている。

「苫人くんがかっこいいから？」

「真顔かよ！」

和ませようと思ったわけではないが、そうまで執着される理由があるなら訊きたいと、等は思っただけだ。

「……理科の、刺激と反応の授業で」

執着の理由を尋ねられたと、苫人の方でも気づく。

「先天的反射と後天的な条件反射のわかりやすい例として、名前を呼んだ。教室の一番後ろの席の真ん中にあの子がいたから、クラス全体にわかりやすいと思って選んだんだ」

「中学二年生には、それだけでどんな物語も作れるんだろうな」

中学二年生じゃなくても、名前を呼ばれただけで物語を空想できる者はいる。病んでいなくて害がなければそれも構わないが、今回は大きな害があった。

死という言葉に、苫人は今自分で言った後天的な反射で動いてしまう。死という言葉に、苫人は彼女が想像できない大きさで激しく心を削られていく。

「もちろん水野先生には報告すべきだけど。もしその前に次の呼び出しがあったら、俺が一緒に行く」

「もう行かないよ、俺」

「行くにしても行かないにしても、絶対に俺に連絡しなさい」

選択の余地を残さない強い声で言った等に、苫人が俯くように頷いた。

行かないと言っている苫人はきっと嘘を吐いていなくて、反射で動いた時には自分でも驚くのだろう。

「何が正解なのかわからないって思うこと、教師してると多い。でも今圧倒的に正しいのは、水野先生の行動だよ」

死ぬと言われたら必ず動いてしまう自分に気づいていない苫人に、きっと今はわからなくても言っておかなくてはと、等がしっかり目を合わせる。

「水野先生には、話せる限り話しな。できれば、今まで俺に言えなかった理由ごと」

そっちなら余計言えない。

死ぬと言われるから抗（あらが）えないと、苫人は等だから言えなかった。

朝焼け色を、部屋に帰るなり等（ひとし）は右手で摑んだ。

「ホントだよ。真人（まさと）、おまえのせいだ」

——不思議は二人とも教師になった方だな。いや不思議じゃねー真人兄のせいだ。

ついこの間学校で、戯（おど）けて苫人（とまと）は言っていた。

「俺も苫人くんも教師なんか向いてない。おまえのせいだよバカ。おまえなら榎本（えのもと）さんも助けるのか？」

次があれば、水野（みずの）は養護教諭としての責務を必ず果たすだろう。そのとき最悪の場合苫人は、社会的に排除される可能性だってあり得る。

「あの子も何か抱えてるのかもしれないけど……何も抱えてないなんてことはないのかもしれないけど、でも……っ」

朝焼け色を床に叩きつけようとして、等はできはしなかった。

——インターネット家庭教師ですから、インターネット通販です。

いってしまう、三か月前だった。出勤しなくて済むインターネット家庭教師を、真人は大学卒業と同時に始めた。次の生徒は責任が持てるか怪しいからと笑って最後の年は取らずに、病室から帰れなくなった二月、最初で最後のプレゼントを等にくれた。

　手の中の朝焼け色だ。

　初めて真人に出会った時に、きれいで、着たくて、穴が空くほど見つめて体に当ててしまったワンピースによく似た、朝焼け色。

「これは、確かにおまえにもらったものだ」

　朝焼け色を抱いて、等は暗い部屋の床にジャケットも脱がずに座り込んだ。

「だけど与えられるつもりなんかなかったって、言ってたな。おまえも、俺も」

　十三歳で自分の時間が長くはないと知って、親友や恋人は作っては駄目だと自分に禁じてきたと、真人は言っていた。

「俺は無力だよ。何もできない。おまえが心配してた弟、俺もすごく心配だよ。正直どうしたらいいのかなんてわからない」

　闇に、真人に話しかける。応(こた)えはない。応えはないのに、等がこうして真人に語る夜は幾夜もあった。

「無力なはずだよ、迷子なんだから。……だけど迷子でも、俺は遭難はしない。だっておまえが、おまえは」

　等に、真人は何度も迷子だと言った。

　迷子と言う真人の声は、いつも朗(ほが)らかに笑っていた。迷子の等を、真人は許さなかったことなど一度もなかった。

「おまえは、まっすぐ歩くしかなかったのに」

自由が丘学園の屋上に上がって行く真人の背中を見上げるように、顔を上げる。

見上げてもそこはただ夜で、何度でも等はあのとき真人が言った「まっすぐ」を羨望(せんぼう)とともに見つめた自分を思い出して引き裂きたくなった。

「おまえならドア、開けるのにな。俺は開けない」

屋上のドアは、特例法で本来の性を取り戻す前の、苦しんでいる鳴海友子(なるみゆうこ)、鳴海友人(なるみゆうと)に続くドアだった。

「いや」

真人は鳴海に近づきすぎた。それでも鳴海もきっと、真人と出会ったことを悔やんではいない気がする。

「おまえにだって、開けないドアはあったはずだ。そうだろ?」

鳴海の苦しみの深さを思い出せば、全てのドアは開けないはずだと真人に尋ねる。

もちろん、何も応えは返らない。

「……もう訊けないか」

しんと静まり返った暗夜は、僅かな音もなかった。

「そっか」

心ををなるべく揺らさないように。

「いないんだった」

透き通った湖の浅瀬に立って。

「いないんだった」

その浅瀬を出るまいと、そう努力していることさえ蓋をしていると不意に、等は思い知った。浅瀬にいたつもりでも水の方から等に襲い掛かってきて、濁流が流れ込んでくる。濁流が内包しているものは夜のように美しく見えて、夜のように鋭く尖っている。

「真人」

こういう夜を。無限の闇のような夜を。

等は幾夜も過ごしている。ただ膝を抱えて、朝焼け色を握りしめて。

残酷な夜だ。少しも幸せじゃない。後悔しかない。泥土に塗(まみ)れるような酷い後悔だ。

膝を抱えると、真人の部屋を思い出す。日差しの明るいあの部屋に初めて入った日に、壁に背を寄せてずっと膝を抱えていた。

「……なんだ。覚えてるじゃないか、俺」

ほとんど記憶にないと思っていた真人に出会った頃のことは、無意識の下に眠っていた。

外から朝焼け色が射す頃、やっと眠りの気配が訪れる。

「俺、相変わらず迷子だよ」

手の中の朝焼け色を抱いて、目を閉じる間際少しだけ真人の声が聴こえた気がした。

おまえ迷子だから。

泣かないでほしいと、真人は言っていた。

「真人」

泣かないで、等は眠る。

「これがおまえのいない世界だ」


少しでも眠ると、人はとりあえず昨日から明日へは移動する。

それが今日だ。

カーテンを開けて真昼の光を浴びて、頭痛と倦怠感しかない祝日の土曜日に等は大きなため息を吐いた。

「……頭、いて……」

どんなに辛い夜を過ごしても、疲れしかない朝を迎えても等は死は考えない。

死にたくないなあ。

生きている真人がそう呟くのを、一度だけ等ははっきりと聴いた。背中を向けていた。どんな顔をしていたのかわからない。

いなくなってしまう少し前だ。もう病室から出られなかった。等には何も気取らせなかったけれど、真人自身はきっと強い兆しを感じていたのだろう。

自分から死ぬことなど、頭を掠めもしない。

等にとって死はそういうものだ。

携帯の着信が鳴った。ほとんど掛けてくる人がいないので、今鳴ったらそれは苫人だ。

「もしもし」

確かめもせずに電話に出ると、相手は確かに苫人だった。

苫人にもきっと死は、等の持つ死に近しいものだ。

「すぐ行く」

等と全く同じではないだろう。苫人はもっと早くから兄の死について考え続けていた。

考え続けていた兄の死と、その日を迎えることとは、きっと苫人にもまるで違ったのではないだろうか。

電話を切って、等は春物のジャケットを羽織った。

以前の苫人ならもしかしたら、「来ないと死ぬ」と言われても中学二年生の呼び出しに従いはしなかった気がする。

死という言葉は、死を経験した者から理性という理性を奪う。

補う力を探しながら、等は部屋を飛び出した。

「……なんで昨日と同じ服なんだよ、等。お泊りか？」

疲れ切った顔でPARCOの角に立っていた苦人は、等が昨日学校にいた時の服にジャケットを羽織っていることに気づいて言った。

「よく気づくな、俺のどうでもいい服なんかに」

「シャツが皺くちゃだから。いつもちゃんとしてるだろ」

「昨日部屋で暴れたんだ。一週間早く、真人の悪口の宴の予行練習をやった。激し目に」

真顔で言った等に、疲れたまま苦人が苦笑する。

「俺も」

あまり眠っていないのは同じのようだった。

苦人にとっては榎本由麻は不安の塊だ。直接自分に死を告げてくる。

その上昨日水野に最後通告を受けている。この後何がどうなろうと、最低限養護教諭とスクールカウンセラーには自分の処遇を巡る話をしなければならない。

ため息を吐いて、苦人は上着のポケットから白い封筒を出した。

「学校の靴箱にでも入ってたのか？」

「いや……朝、新聞と一緒にうちのポストに入ってた」

「家まで知られてんの」

目で促されて、封筒を開けて中からカードを取り出す。

「賢人兄が最近また佐原リゾートを躍進させてて。三千メートルまでが松本の肥沃の大地だと、堂々とメディアに流してるからな」

「俺もその言葉なんかで見た。肥沃な大地、なんで入れたかな？　三千メートルまではわかるけど。賢人さんって、真人とも苦人くんとも似てないよな。友梨さんとは兄弟って感じする。そっか、あちこちに公告出てる佐原リゾートの実家なんて簡単にバレるか」

気を紛らわそうと賢人の話をしたけれど、苦人にとって長男は出来過ぎの上に実家を継いで父より会社を大きくしたコンプレックスの対象にもならない存在のようだった。

「花時計公園に、午後三時。また人目につくところ選んでくるな……」

苦人に呼び出された場所がPARCOだった理由は、榎本がこのカードに書いてきた待ち合わせ場所がすぐ近くの花時計だからだ。

来てくれなかったらあたし死ぬから。

最後に書かれた言葉を、等は読み上げられない。毎回この言葉を聞かされているのだろうか、苦人は。

「近くまで行ってみよう。気づかれないように」

顔を上げて見つめると、苦人はこのひと月近くで随分憔悴したと等も思い知る。

「行ってどうするの」

「待ち合わせ時間過ぎてるし、様子を見よう」

実のところ等には、何もプランがなかった。昨日の夜部屋で、「どうしたらいいのかわからない」、苦人を助けられないかもしれないと、いない真人に喚いたばかりだ。

何もできなくても、等はこのドアを開けなくてはならない。

思えば鳴海に続くドアを開けた真人にも何もプランなどなかったと、クリスマスの大惨事を思い出して等は苦笑した。

無言で等と苦人は、花時計公園に向かった。春の花が咲く公園の外側を歩いて、榎本が木の下にいるのを見つける。

「一人じゃないな。後ろから近くまで行ってみよう」

少し離れてと苦人に手で示して、公園の中に入った。

花時計公園に、隠れるところはない。それでも花壇のところにいる榎本ともう一人の少女の背に大きな木があって、その後ろに等は立った。

黙って苦人が、自分の背後に立ったのがわかる。

「ここから見てるのか?」

小声でプランを尋ねられて、等は本当にどうしたらいいのかわからなかった。

「あの子が絶対死なないとは、誰にもわからない。もしものことがあったら、俺たちも後悔じゃ済まない」

「どうしたらいいんだよ」

「見てるしかないよ。一人一人何考えてるか何するかなんて、わかったら学校なんかいらないだろ」

問い詰められて、等は自分も当てがあって頼れと言ったわけではないと打ち明けたかったが、苫人を不安にさせるわけにはいかない。

「水野先生の連絡先知ってたら、水野先生に通報してる」

それは正解の行動と言うより、養護教諭であり女性である水野に全て頼みたいという頼りない願いだ。

「もう三時過ぎてんじゃん。本当に来るの？　年上彼氏」

榎本の隣にいる少女が、揶揄うように言うのが聞こえた。

苫人を振り返った等にも、等に首を振った苫人にも見覚えのない少女だ。

「来るよ」

開智学園は私立なので、隣の少女は公立か別の私立に行った小学校の同級生なのかもしれない。

「ホントに彼氏できたの？」

疑わしそうに、少女は意地の悪い言い方をした。

説明されなくても、少女たちがどんな関係の友人で、どんな会話が二人の間にあったのかは容易に想像がつく。

「嘘なんかつかないよ。あたしのことすごく心配してくれてるの」

むきになって、榎本は声を荒らげた。

「死ぬって言ったら、絶対来てくれるんだから」

中学二年生の少女の、きっと悪気はないのだろう言葉を、呆然と苫人が聴く。

「あたしに死んでほしくないの」

「愛されちゃってるー」

安易と言っていいのかもわからない少女たちのやり取りに、等も、すぐにはなんと言ったらいいのかわからなかった。

「多分」

小さな声で、等は苫人を振り返った。

「苫人くんと歩きたいんだ。自慢したい」

「年上の彼氏だって言って？」

中学生や高校生の中には、同級生とは違う社会人や大学生とつき合うことで自分を大人だと主張したい子もいる。

中にはそこにつけ入って、まだ善悪を知らない子どもを手に掛ける者もいる。

そう思うと、苫人を選んだ榎本は運がいい。運がいいのか、見る目があるのか。

「そうなんだろうけど」

中学生にとって、年上の自慢できる男。同期を見渡して、法学部だった有島光太郎（ありしまこうたろう）を等は思い出した。縁は深いが親しい訳ではないものの、そもそも等には縁のある同期が少ない。

検事になってやがては裁判官になり法曹界の金星になると豪語している有島を思い出したのは、年上の容姿の整った自慢になる男の例を自分の知っている範囲内で探した結果だ。

「残念ながら、今回は舐められたんだろうな」

有島で想像すると、きっと有島は容赦なく少女であろうと少年であろうと出すべきところにつき出すだろうし、少女の方でもそのくらいの気配には気づいて有島なら近づかないように等には思えた。

「いちいち真に受けて……馬鹿だ、俺」

「馬鹿じゃないし、舐められたというか。弱みに気づかれてつけ入られたんだよ」

「弱みなんてもんじゃないよ……そんなもんじゃない。そうだろ⁉」

憤り（いきどお）は限界を迎え、苫人が榎本に兄の死ごと全て話そうとするのがわかって、等は反射で腕を摑んで止めた。

「なんで」

「今は、言わない方がいい。気持ちはわかるけど」

わかるというのは言葉だけでなく、等だって榎本を怒鳴りつけたい。

「だけど……っ」

生徒に対して自分がどれだけ感情的になっているか、声を掠れさせて苦人は気づいた。

「楔を打つくらいしないと、またこんな風に」

無理矢理、己の心を整理する。

「人を傷つけるんじゃないのか、あの子」

そして心のままなのかはわからない正論を、苦人は導き出した。

「そうだな」

それは間違いなく正しいいし、苦人の気持ちも自分の気持ちも本当はこのままでは済まない。

「でも、中学二年生にはきっと」

けれど等は、ほんの少しだけれど苦人より長い時間中学生を知っていた。

「無理だよ。その楔は」

大き過ぎる楔を打って幹が割れたら、苦人が後悔する。

僅かな助けだがここで苦人の腕を摑むためにきたと、等は思った。

「……そうだな。俺の気が済まないだけだった」

「気が済まないのは当たり前だよ。大きな我慢させた、俺は今。ごめんな」

腕を取ったまま、摑む力を緩めてただ苦人を慰める。

「佐原（さはら）！」

いつの間にか声を潜めるのを忘れてしまっていて、二人は榎本にここにいると気づかれた。

「遅いよ。酷（ひど）い、待ってたのに！」

「どっちが彼氏？」

隣にいた少女が、苫人と等を見て無邪気に榎本に尋ねる。

「なんで神鳥谷（ひととのや）までいんの」

榎本にしてみれば等に邪魔をされたのは三度目で、そうでなくても校内で苫人に声を掛けようとするときにも、等は気づかなかったけれど邪魔になっていたのかもしれない。

「榎本さん」

もう校内では、榎本が話している苫人のことが噂になっている。中学生の口には戸もバリケードも立てられない。

「どうしていつも僕が君の邪魔をしてるか、考えないの？」

なら違う噂を流すしかないし、もう二度と等は苫人に「あなたが来なければ死ぬ」と言ってほしくなかった。

「どうして？」

「それは僕のプライバシーなので、言葉にはしたくない。君が想像を人に話したらそれは、アウティングという許されない行いになります」

榎本に言ってほしくないというより、苫人にもう二度とその言葉を聞かせたくない。

「アウティングって何」

「他人のセクシャリティを暴き立てることだよ」

「セクシャリティ？」

「性的指向です」

嘘は吐きたくないので、湾曲な言い方でなんとか榎本を苫人から引き離そうと、丁寧に等は言葉を選んだ。

遠回しだが核心ははっきりさせている話を、榎本が理解して顔を顰める。

「最低！　酷い！」

騙されたあたし、酷いと一緒にいた少女に泣きついて、榎本はその少女と木の下を離れて行った。

「北アルプスの雪どけ水の如き勢いで言いふらされるんだろうな……」

走って公園を出て行く後ろ姿を見て、苫人が呟く。

「ごめん、勝手に。二度と女子にモテないな」

「二度と結構！　真っ平ご免だ!!」

悲鳴のように苫人は言った。

「そしてこの言い訳は、本当のゲイの方に申し訳ない」

「申し訳ないかもしれないけど、ここでその生真面目さ発揮されると俺もう教師辞めてたよ。マジで二度とご免だ！　誰が中学二年生の死にたいを真に受けるか!!」

やり場のない憤りで、今苫人がそう言ってしまうのは致し方ない。

「……でも次に同じことをする子が、本気じゃないとは限らない。魔の中学二年生で括ると、俺たちはきっと大失敗するよ。取り返しがつかない後悔をする」

致し方ないからこそ、ここでその認識が二度と解けないくらい固まるのを、先輩教師として等は止めなければならなかった。

「どうしたらいいんだよーっ!!」

「それはさ、わかんないよ誰にも。死ぬ死ぬ言って死なない人はたくさんいるけど。百回が嘘でも百一回目は本当かもしれないし。だから真に受けるしかないだろ」

「一つだけ、わかった」

諦めて苫人が、不意に勢いを下げる。

「ちゃんとした解決なんて、できないことがある」

「そうだな」

「やり切れない」

「昼酒でも呑もう」

苫人の背中を、軽く等は叩いた。

今日は祝日なので、少し歩けば昼からやっている安居酒屋がいくつかある。

昼間の居酒屋で、真人の弟と酒を呑む。

それは真人とは持ち得なかった時間だと、ふと等は青空を見上げた。


大人になったはずだと言っても二十代の若造には少し入りにくい、入り口に提灯がたくさん下がった古い居酒屋で、等と苫人はそれなりに酔っぱらっていた。

「この唐揚げめちゃくちゃうめえ」

長年この店で出されているのだろう、実のところ特に珍しいわけでもない唐揚げに苫人が両手を上げる。

「俺ポテサラがうまい。やっぱウスターソースだな」

「ソースまでかけんの？　なんで蕎麦屋いやなんだよ、等。蕎麦屋なら昼でも開いてんのに」

ふと苫人は蕎麦屋を断ってこの大衆居酒屋を選んだ等に、不思議そうに尋ねた。

「俺は」

思えば九年前松本市で一人暮らしを始めてから誰にも打ち明けたことのないことを、酒の勢いで口の端に乗せてしまう。

「蕎麦は、実家でしか食べない」

「うわー、出たー、北信の人ー！」

もちろんこの反応が見えていたので、蕎麦を食べない理由を等は語らなかった。

「俺はその分け方は好きじゃない。南信、北信、果ては東北信だのって」

長野県は広い土地をその呼び名で東西南北に分けて文化圏を語ることが多い。ここ松本市は中信だ。

「だって広いじゃん。長野県」

「みんなまとめて信州だ」

「それはそれで大丈夫なやつなのかよ。社会の先生」

これ以上この話を続けるとそこら辺のテーブルの年配者に絡まれるかもしれないと、等が首を横に振る。

「松本って、確かに三千メートルまでが肥沃な大地かもな。あれ？　大地だっけ？　なんだっけ？」

「何、突然。賢人兄が謳ってんのは、三千メートルまでが肥沃な大地であってるよ」

「肥沃ってのは作物がよく採れる土地ってことだけど。松本は山が資源だから、賢人さんがそう言うならそうなのかもなって思ってさ。雪解け水みたいにって、さっき苫人くんが言っただろ？　商品にもなってる」

店内に飲み物の色褪せた大きなポスターがあることに気づいて、あながち賢人はそんな無茶を広告している訳ではないのかもしれないとふと等は思った。

「同じ言葉でも、全然意味が違うことは誰にでもあるって最近気づいた」

三千メートルまでが肥沃な大地なのは、地元大企業として山を観光資源にしている賢人の言い分としてはきっと誇張も矛盾もない。

そのくらいの言葉の意味違いは、許容範囲だ。

真人の「まっすぐ」と等の「まっすぐ」が、違ったまま止まっていることよりよほどましだ。

「それに語彙(ごい)が多分、極端に少ないんだと思うんだ。彼女に限らず」

強か(したた)に酔ってから、これから苫人が水野(みずの)に報告しなければならない榎本について、やっと等は話題にした。

「彼女って……榎本のこと?」

「そう。今日だって、あの短い会話の中で三回『酷い(ひど)』って言ってたよ」

ネガティブにしろポジティブにしろ、様々な感情もだいたい一つ二つの言葉で表しているのではないかと、「酷い」を回顧する。

「しんどいことは、全部死ぬ。死にそう。死にたい。むかつくことは、全部死ね。または殺す。そのしんどさがさ、足の小指タンスの角にぶつけたとか。宿題やり忘れたとか。それも死にたいになっちゃったりするんじゃないのかな。言葉にして口に出す時に」

開智(かいち)学園中等科で丸五年を教師として過ごして六年目を迎えて、等は生徒たちからたくさん

の「死ぬ」「死にたい」「死ね」「殺す」を聴いてきた。

「ネガティブな時に使う、もうルーティンみたいな癖もあるのかもしれないし。とりあえず、俺たちの『死ぬ』と彼女の『死ぬ』は極端に意味が違うんだとは思う」

「俺たちの」

「ごめん。勝手にまとめた。俺の死ぬと、人の死ぬは意味が違うって最近気づいたって話」

「重さがってこと？」

わかるけれど、等が言わんとしているところは今一つ腑に落ちず、ビールジョッキを摑んで苫人が難しい顔になる。

「いや」

最近になって真人の言葉との答え合わせで感じていることを、等も上手く伝えられる自信はなかった。

「重さとかじゃないかな。単に意味が違う。辞書が違う、音は似てるけど意味が全然違う外国語みたいなこと」

「……めちゃくちゃ怖いじゃん。それ」

やっと等の言い分を理解して、苫人の恐怖は範囲が広がる。

「会話が成立してると思い込んでても、全く違う話をしてたって後で気づくことたくさんある。でもそれはさ、相手も成立してるって思ってるだろうから。言葉が通じないのはお互い様だよ」

怖いけれどそれでも人はなんとか社会をやっていると、等は肩を竦(すく)めた。

「……俺は、等とは話通じてると思ってるけど」

「俺も苫人くんとは通じてると思ってる」

「俺と会話通じるってやばいぞ」

「昔ならね」

「そうだな。それはお互いだ」

苫人に出会った時、大学生の等は真人(まさと)の部屋で友梨(ゆり)のワンピースを着ていた。春夏秋冬、いつも着ていた。

苫人は用もなく部屋に入ってきては、よく何かしらの癇癪(かんしゃく)を起こしていた。

高校三年生の時自由が丘学園で苫人は、男性用のコートを着た等に「見慣れない」と言い、本当はいつも真人の部屋にワンピースを着ている等を見に行っていたと呟いた。

嫌がる苫人の学校で実習までした真人は反抗期の弟をただずっと見守っていて、それからしばらくして苫人は癇癪を起こさなくなった。

「俺たちにとって、死ってことは」

答え合わせを、等は苫人としたくなった。

「真人のいない世界を生きるってことだろ」

「キリストみたいだ」

苦笑して、けれど苦人も違うとは言わない。

「ビフォー真人」

「アフター……」

アフター・ダイのダイを苦人が言えなくて、二人から笑いが消えた。

「苦人くん。BCADのAは、アフターのAじゃないよ」

「え⁉」

「ラテン語のanno Domini。主、イエスの年みたいなことかな。一応俺、社会科の先生ですから……」

「ヤバイ。俺、理科とはいえ教師なのに」

「でも真人はビフォーアフターでいいよ」

笑って、等が手元のビールを呑む。

「真人が主語だと思うと、簡単に言えない。ふざけてても日本語じゃなくても。俺たちにはそういう意味だ。やっぱり」

「だからキリスト教？　BCAD」

「今キリストみたいって言ったの苦人くんだし、俺は真人をキリスト扱いなんて絶対やだよ」

「俺だってやだよ！」

酔っているし、やっと話題がどうでもいい域に入っていって、主題など簡単に消えて話はどんどんずれていった。

「磔（はりつけ）になって耐えるのは僕たち私たちです」

「なんのこと？」

「人と違うことが怖くてたまらない子、見つけるのがきっと上手だと思って教師になったわけじゃない。俺たち」

「うん」

「見つけて、そんで」

苫人が水野に報告に行くときに、立ち合おうと等は決めた。苫人は嫌だろうけれど、証人が必要だ。

「できないことがあるって思い知るのが、この仕事だなあって。今日しみじみと思ってさ」

「神鳥谷（ひととのや）先生……」

それは同じく心から実感したとはいえ、言語化されると苫人の疲れが重くなる。

「神鳥谷先生ー……っ」

「しんどい仕事だよな。生二つください！」

テーブルに突っ伏した苫人のジョッキが空（から）だと気づいて、等は店員を探して手を上げた。

「人それぞれの、知らなかった『人』を一人知るたび、できないことがあるって知る」

自分のジョッキも空にして、もうすっかり酔ってぼんやりと等が独り言（ご）ちる。

「できないままでいいのか。見てるだけなのか。何か行動するのがベストなのか、しないのがベストなのか。俺は前より迷子だ。人を知らなかった頃より迷子だ。ってってれー」

「ナニソレ」

おかしな擬音を発した等に、ようやく苫人が顔を上げた。

「迷子レベルをゲットした音」

「……！　たまに呟いてんな！　等それ‼　そんなにゲットすんなよ！」

「前よりわかんないし、わかんないことを知るたびできないことが増える一方だ」

「はい生ビール二丁」

テーブルに置かれたビールを、「どうも」と礼を言ってすかさず苫人が呑む。

「辞めたくなったことねえの。等、教師」

「あるけどそんなの何度でも。でも辞めないよ」

「なんで」

きっと今すぐ辞めたいのだろう苫人が、訳を聴かせろと身を乗り出した。

「今日もなんにもできないって、本当は思ってた」

「そんなことねえよ。俺めちゃくちゃ助けられただろ」

口を尖らせて、酔っている苫人は答えがもう出されていることに気づけない。

「だから、俺が思ってるほど俺は無力じゃないらしいから」

辞めたい、子どもたちを助けられるはずがない、そんな力はないと、何度も等は思った。思うことは思った。

「辞めないよ、今んとこは」

もう半分、苫人は寝ている。

このまま今日はきっと二人とも酔い潰れる。そういう日だ。そういう日もある。そうじゃない日もある。

できない、ダメだ、無理だと思っても、等はそこで立ち止まることだけは何故だかしなかった。

結局夜中まで呑んで、翌日の日曜日は二人とも二日酔いに苦しんだ。

月曜日の朝礼前に水野(みずの)のところに行って、土曜日までの出来事を報告して廊下を歩く頃には、とりあえず女子生徒にちらちら見られる段階にはなっていた。

「やれやれだ。ったく」

「まあまあ」

もうこの週末は五月八日で、学校は三連休も挟むので、放課後に苫人と等は三回忌の話をしに放課後の体育館に向かおうと渡り廊下を歩いていた。

「ねえ」

まだ気が済まないのか、いやそれでこそ中学二年生かもしれないと等を感嘆させる勢いで、土曜日に確かに聞いた少女の声が背中から飛んで来る。

「嘘なんでしょ？　神鳥谷。本当は。先生だから邪魔したんでしょ？」

それは全くその通りのことを、榎本は言った。

恐らく榎本の思考回路としては、土曜日の花時計公園では本気にした。けれど誰かに話しているうちに、この指摘を受けた。そしてまだ苫人に執着がある。

「榎本さん。いずれにしろ、君と外で会うと佐原先生は教師ではいられなくなるし。もしかしたら刑務所に入らなければならないんだよ」

丁寧に等が言っても榎本には響いた様子がなく、ただ隣で苫人がぞっとする。

「それの何がいけないの。だったらあたし刑務所を出てくるの待つよ」

「うーん」

理科の授業で条件反射を教えるために、苫人は二度と生徒の名前を呼ばないだろうと等はしみじみと思った。

「佐原、もう嘘吐かないで。嘘吐いたらあたし死ぬから！」

「榎本さん」

隣で苫人が土曜日なんとか堪えた尾を切ろうとしたのはわかって、静かに等は榎本を呼んだ。

「その言葉、言わないでほしいな。死ぬって」

「なんで？」

「もうすぐ、先生の親友の三回忌なんだ」

目を見て等が、できる限り穏やかに彼女に伝える。

「サンカイキって？」

「そっか、まだ経験がないんだね。親友が……死んでしまって、二年目が来るってことだよ」

台本を読むように、抑揚なく教えたいと思ったけれど、「死」という言葉の前にどうしても躊躇いが生まれた。

「二年目なのにサンカイキなの？」

「うん。不思議だね。亡くなってからは早く時間が過ぎた方がいいからかな。わからないけど」

一周忌の次の年が三回忌である本当の意味を、実のところ等は知らない。言いながら今、そういうことかもしれないと本当に思った。

「同級生が、親友が二年前に亡くなったんだ。まだすごく辛い」

「……辛いの」

「いないからね」

教えるだけのつもりが、「いない」ということだけは心からの声になる。

「……だったら、神鳥谷の聴こえるところでは言わないけど。あたしはあたしで本気なんだから」

「そうしてくれるだけで、充分だよ」

わかった、と不満そうに言って、スカートを翻して榎本はもう苫人を追わずに去って行った。気は済まないにしても、苫人も何も言わない。

その肩を等が押すようにして、二人は渡り廊下を体育館に向かった。


「……こう噂になると、これもう逢引きだな。プライバシーとかアウティングとか、等釘刺したのにな」

体育館の二階回廊に座り込んで、今日一日で「神鳥谷先生と佐原先生が」と噂が千里を駆け巡ったのに苫人がため息を吐いた。

「まともに話が通じないことはわかってたから、想像の範疇だ。逢引きか、古風だな」

まあしばらくは好奇の目で見られるだろうが、等の方は生徒がいろんな目で教師を見ることには苫人よりは慣れてきている。

経験よりは、ただ時間の分という話だが。

「楔、代わりに打ってくれたのか？」

さっき等が榎本に本当の話をしたことを、苦人は尋ねた。

「そんな大層なもんじゃないよ。……種、かな」

何かはしたけれど楔というほどのことではないと、隣で膝を抱えた等が他に喩えるものを探して見つける。

「種か」

「それもこう、雑に。一握りの種を、どんな土かもわかんないところにばーっと蒔いたみたいな感じだ」

「何かが芽吹くかもな。だってここは三千メートルまでが肥沃な大地だから」

確かに、と背を丸めて、賢人が広めている言葉に二人で笑った。

「……俺さ」

種という喩えがふと出てきた理由を、等は自分で知っている。

「真人のこと思い出す言葉見つけたんだ、聖書の中に。腹立つんだけど」

「どんな?」

「一粒の麦、もし地上に落ちて死なずば」

「ホント腹立つ」

笑って、けれど苦人もそれを真人のことじゃないとは言わなかった。

信仰告白はできないけれど、たまに助けを乞うように、等は聖書を読み続けている。波立つ日荒立つ日がなくなっていつか凪ぐのを期待していたが、そう簡単にはいかないようだ。

さっき、中学二年生の少女に対して、見せなかったけれど等には攻撃性はあった。

「解脱のときは遠いな……」

そんなことでは凪ぐどころか教師失格ではないかと、ついぼやいていまう。

「等」

独り言に話しかけられて、等は慌てて苫人を見た。

「多分宗教変わってる」

「あ、ホントだ」

信仰告白どころじゃないと、また等は笑った。

「なんか、ホントやってらんねえな。たとえばあの子に等が蒔いた種が、いつかなんかいい感じの何かを咲かせたり実らせたりした時さ。あの子は等が種を蒔いたって、知らないじゃん？　きっと」

「もともとは苫人くんが蒔いたんだよ」

「名前呼んだこと？　二度と呼ばねえよ、俺。理科の授業で二度と」

やっぱり、と内心思って、それは等も何も言わない。

「そうじゃなくて、気にしただろ。危ないことは危ないよ、彼女は。不安定だし、実際極端な行動を取ってる。俺よりもっとちゃんと、種蒔いてるよ」

ゆっくり話すと、苫人は違うと言いたげな目をしながら、やがて「そっか」と小さく言った。

「そんな風に俺たちも、知らないうちに誰かが蒔いてった種で生きてることあんのかもな」

高窓の方を向いて苫人が言うのに、等は今自分が同じことを考えていたけれど驚きはしない。

「俺は」

ただ、それを苫人に教えようかどうしようかは、迷った。

「今はまだ、真人が蒔いた種が咲き乱れるわたわたに実るわで。心の楽園を見せたいよ」

「楽園なんだ?」

問われて、無意識の言葉の端に等も気づく。

「……あ。そうだな」

闇雲に真人が蒔いていった種が芽吹いて、土も肥沃に肥やされたから等の心の中には今名状しがたい楽園が在った。

「きれいだ」

見せたいと戯(たわむ)れに言った楽園は等には見えていて、緑が芽吹き花が咲いて、風がよく通ってとてもきれいだ。

「そっか」

こういうとき、苫人も等もどうしても言葉は少なくなる。

ふざけて笑える日は、どうやらまだ遠い。

「……二戸(にと)、くん」

回廊の角から、受け持っている一年生の二戸羽瑠(はる)が長いジャケットを翻して現れたのに、そうだここは彼のコースだったと等は思い出した。

「よ……また、会ったな」

何故(なぜ)だか二戸と出会うと等は動揺したが、それはこの間二戸を知った隣の苫人も同じのようだ。

「噂なら僕も知ってますが」

いつでも落ちついている二戸は、まだ等と苫人が辿り着けていない動揺について語り出した。

「あまり、信じられません」

「そうですか……」

思えばこうして体育館の二階回廊で二人でいるところを目撃している二戸は、なんなら最もその噂の裏付けができるはずだが、なんと答えたらいいのかさっぱりわからず等も一言で止まる。

「情動を持ったものが醸(かも)す空気を、僕は見たことがあるのですが」

「いつ。誰の」

それは聞き捨てならないと等は顔色を変えたが、二戸には相手にされなかった。

「とりあえず先生方がそうしている姿は、クラスの男子がかたまってる愚かさと同じにしか僕には感じられません。噂はすぐに消えるのではないでしょうか」

「それは、その方がありがたいけど。僕らも」

もしかしたら慰められたのかもしれないが、二戸の表情と言葉からそれを読み取ることは困難だ。

「愚者に起こることは、私にも起こる。より賢くなろうとするのは無駄だ」

静かにそう言い残して、二戸は自分の居場所に去っていく。

「……苫人くんしっかりして！　この間の、『コヘレトの言葉』だよ‼　旧約聖書の！」

硬直したまま動かない苫人の背を、思い切り等は叩いてやった。

「水野先生がおんなじこと言ってたな……」

恐怖刺激にやられて、苫人はまだ二戸が去った方角を見ている。

「愚者に起こることはって⁉」

「違うよ。ほら、神鳥谷先生が助け舟を出してくれたので、しばらく生徒たちはそれを噂すると思うんですがって俺が言ったら」

「ああ」

「リアリティがないから、何か次のターゲットが生まれたらその噂は多分すぐ消えるわよって言ってただろ」

それはどうでもいいというように水野に流された今朝を、等も思い出した。

「そうだな……水野先生と同じことを中一が……」

「……本当に怖い。頼む大人になったら凡人になってくれ」

「だけど俺たちがあの子を見るのは、中学生のうちなわけで。あの子はどんくらいのことをしでかすのか」

四月に二戸羽瑠を受け持ってから、等は今日何が起きても狼狽えないという精神だけは、毎日唱えていた。

「またはしでかさないのか」

狼狽えないの先は、まだ何も用意できていない。

「頼むしでかさないでくれ」

「祈るしかないな」

二戸がこのまま何事もなくせめて高等科に行ってくれたなら、それは奇跡に苫人にも思えた。

「真人兄なら楽しみだって笑うよ」

「俺もそう思うけど。俺は真人じゃないから転校したい。もう」

「だろうな」

気持ちはわかると、苫人が深々と頷く。

「懐かれてんのか？」

二戸のことを、苫人は訊いた。

「いや、あの子は誰とも同じ距離感だから。ただここでコヘレトの話をしたくらいで」

言われたら特別信頼を受けているわけでもないし、二戸を満足させる授業ができているとも等には思えない。

「だいたい、俺なんて懐かれたって信じられたって何もできないのに……」

信じられたらその方が怖いと、情けなく抱えた膝に額を当てた。

等は、真人を信じた。信じた真人は、等に何かをしてくれた。

真人がしてくれたことはなんだっただろう。

子どもの頃からずっとあんなに着たくて着たくて堪らなかったワンピースを、等は二年着ていない。

「あれ？」

真人が着せてくれたはずだったのに、真人がいなくなって等はワンピースを着なくなった。

不意に、真人と交わしたことが不確かになる。

「どした」

苫人に尋ねられて等が顔を上げると、急に瞳に入った夕方の光が強くて何も見えなくなる。

その光に満ちた何も見えない視界のように、真人とのことが見えなくなった。

けれど見えないのも不確かなのも全てではないし、全てが確かだと自分が言ったならその方が怖い。

真人とのことが不確かに見えるのに、怖くはない。

二年が経って、毎朝は夢を見なくなった。記憶が曖昧になっていくことが怖くて堪らなかった。答え合わせをすると、間違いがあったことにも気づき始めた。

けれど今は、怖くない。何故なのかはわからない。

「わかんない」

それは自分によく馴染む言葉で、ゆっくりと見えてきた苫人に、等は小さく笑った。


今年の五月七日は土曜日で、ゴールデンウィークでも学校のある等と苫人も、午後の早い時間から集まることができた。

「たくさん食べてね」

佐原家の広いリビングでは低い広いテーブルを使っていて、母親の麻沙子が次々とそのテーブルをあたたかな料理で埋めていく。

「すごくおいしいです」

早速一口食べた等は、麻沙子に頭を下げた。

暖炉を背に一人掛けのソファに座っている父親の勇人が、最初にお別れ会と同じシャンパンを開けてみんなで乾杯をした。「ゆっくり出すから食べていて」と麻沙子に言われて、等は窓側の長いソファに苫人と並んでローストビーフを食んでいる。

「私の作るもの、古臭いんだけど」

キッチンとリビングを行き来する麻沙子が並べていく皿は、スモークサーモンや生ハムの前菜、ローストビーフ、ミモザサラダやラザニアと、確かに少し懐かしいレストランを思わせた。

もしかしたら真人が子どもの頃に、好きだったものなのかもしれない。

「ここまで並ぶのは、ホント久しぶりかも。いいのに。味、前のままで」

等の隣で肉を嚙んでいる苫人が、何か照れ臭そうに笑う。

言われて、何度かこの家で食事をもらったことのある等は、以前より料理の塩気がしっかりしていることに気づいた。

居酒屋でなんということのない唐揚げを、本当においしそうに苫人は食べていた。

真人のために、麻沙子はずっと塩分や糖分を控えて栄養に気を配った料理を作り続けていたのだろう。

一年目はもう麻沙子は何も作る気になれなかったのも、何も言わず外で苫人が唐揚げを食べていたのも、どちらにもただ言葉は見つからなくて、等は真人の母親の料理を食べた。

「古臭いなんて、母さん。ホテルのビュッフェは最近聞いたこともないような料理が並んで確

「かに人気だけど、俺はこういう方がいいよ」

キッチン側のソファで父親の近くに座っている長男の賢人は、既に赤ワインを開けてやはり肉を噛んでいる。

友梨は婚約者と待ち合わせてから来るとかで、今リビングにいるのはこの五人だ。

「お義姉さんとお子さんたちは、今日はおうちですか？」

三千メートルまでが肥沃な大地できっと領土でもある賢人と、等は共通の話題が真人以外何一つなくて、無難と思われることを尋ねた。

去年の一周忌には、賢人の妻の佐知と、四人の子ども達、七歳になった優芽と五歳になった優海、四歳の双子空人と陸人もこの席にいた。

「それが……」

子どもにはつまらない席だったのかもしれないという等の想像を裏切って、酒を呑みながら賢人が相当疲れ切ったため息を吐く。

「空人と陸人が最近……真人のこと、気づき始めたみたいで。なんで真人がいないのかって、しょっちゅう訊くようになってな」

真人のお別れ会には色とりどりの花をふんだんに飾って、賢人が取り仕切っているリゾートホテルの中庭で行われた。今賢人が言ったような料理が並び、さっき勇人が開けたシャンパンが振舞われた。

「ええと、それはもしかして」

「逆に、なんでいないのかまだ知らないのか……空人と陸人は」

お別れ会で空人と陸人は、自由に走り回って真人の白い棺に思い切り落書きをした。

——まさとにいちゃんとあそびたい。

——まさとにいちゃんどこ？

空人と陸人は、真人の棺のある中庭で叔父を探していた。

「今朝まではな。空人と陸人も、人が死ぬってどういうことなのか最近気づき始めたみたいで。多分、真人が死んだんじゃないかって不安になってるんだろうと、佐知が俺にどうしたらいいかって言ってたんだが」

苦い顔をして賢人が語らない続きは恐らく、佐知は言っていたのに賢人はこの大問題を後回しにしてきたということなのだろう。

それは等だけでなく、賢人を知る苫人も両親も想像の範囲のようで、皆ただため息を吐いた。

「今朝、ここに来るのに支度してる最中にまた始まってな。おじいちゃんとおばあちゃんちに行くのに、なんで真人兄いないの。なんでなんで？　何処にいるの？　と空人と陸人が騒いでいたら」

今日、最初から賢人がかなり激しく疲れていることに、ようやく全員が気づく。

「優芽が突然、泣きながら全部ぶちまけて。優海も喚きながら泣き出して、空人と陸人も号泣で大喧嘩になって四人で阿鼻叫喚……収拾がつかなくなった」

三千メートルまで領土にしているのに、四人の子どもたちの反乱で限界まで体を傾かせている賢人には、皆同情から言葉も出なかった。

「だから俺も今日は欠席しようかと思ったんだが、佐知がいいから一人で行ってってって言うんで。悪いが逃げてきたようなもんだよ」

「そうか」

なんとか父親の責務で勇人が相槌を打って、空になった賢人のグラスに赤ワインを注いでやる。

「佐知は、俺の前で子どもたちに真人のことちゃんと話すの悪いと思ったのかな」

「あんたへの遠慮なんかじゃないわよ」

一頻り料理を運び終えた麻沙子が、笑って息子の背を摩りながら隣に座った。

「子ども達のためよ」

「そうなのか?」

麻沙子が語るのを、賢人だけでなく、等も苫人も、勇人もじっとして聴く。

「そうよ。あんたがいると、さっちゃんが子ども達に本当に伝えたい話が、きっと変わってしまうから」

真人の血の繋がった兄の前では語れない物語がきっとあると、麻沙子は教えた。

「……そっか。母さんは同じこと経験してるんだもんな」

賢人が少しだけ安堵の息を吐くのに、この家には真人が十歳になるまで勇人の弟が住んでいたことを、等も思い出す。

「あんた達はでも、映人さんのこと見てたものね。空人と陸人みたいに、二年も探しては……いなかったものね」

可愛い孫たちが自分の息子を探し続けていたことに、麻沙子の声も否応なく細った。

「ちゃんとした告別式は、やっぱり必要だったんじゃないのか。映人叔父さんが亡くなった時は、きちんとやった。苫人は小さかったけど、叔父さんが亡くなったことは受け入れただろ?」

真人の好きにさせたいと言ってきた賢人は、今日子どもたちの涙を浴びていて気持ちが弱くなっている。

「そうかもしれないな」

一周忌は寺でと去年言った勇人が、苦い顔をした。

「俺は、逆だと思うけど」

佐原家の話を黙って聴いていた等の隣で、苫人が大きく首を振る。

「叔父さんが亡くなって、白と黒の告別式やって。映人叔父さんまだ生きてるみたいなのにみんなで火葬場行って、待ってる間に骨になっちゃって。お骨拾って。俺、それものすごい怖い記憶だよ。辛かったし、死ぬのがすごく怖くなった」

「だけどそれはみんな通る道だろ」

賢人にそう言われて、聴いている等も去年苦人に同じ愚痴を言ったことを思い出した。

――通夜とか告別式とか、四十九日とか一周忌とか。遺された人が気持ちを整理していくためにあるもんなんじゃないのか?

真人が決めていったのは「四十九日なんか四十九日みたいになるからやるな」までだったと、一周忌のことを苦人に相談されて、一年前等も真人に怒った。

「そうだけど」

最初の五月七日が近づいて一周忌をどうしたらいいのかと等に尋ねて、家の中も荒れていると去年弱っていた苦人は、今は兄にまっすぐ向き合っている。

「想像してみてよ。真人兄は、子ども達に病気のこと気づかせないようにめちゃくちゃ頑張ってた」

苦人が語るのに、空人と陸人が走り回るようになった頃のことを等は思い返した。

空人と陸人は、とにかく真人と遊びたがった。真人が好きだった。真人が子どもに好かれることに、理由なんかない。

双子が預けられる日は、この家の中に真人は予めたくさんの宝物を隠した。真人に言われて、まだ言葉もほとんど喋れなかった空人と陸人は宝探しをした。

「ずっと家にいて構ってくれる映人叔父さんのこと、俺たちが大好きだったのと同じにさ。きっと、空人も陸人も真人兄が大好きだった。なのに突然、白と黒の告別式なんて」

耐えられないよと、苫人が呟く。

等はただ小さく頷いた。

――それに……あいつらはあんまり、俺の顔見ない方がいい。

あの時確かに、真人は笑っていた。この真人の記憶は間違いない。

子どもたちのために、真人は朗らかに笑っていた。

自分のことを覚えていないでほしいという真人の願いは、叶わなかったけれど。

「優芽と優海も、笑ってたな。あの日。もうわかる年頃だと思ったんだが」

「楽しい日だと、間違えたんじゃないでしょうか。だってみんな晴れ着で、笑ってたから」

家族は苫人以外お別れ会の全てを見ていないので、等は遠慮がちに告げた。

友梨と両親は、ロビーまでしか来なかった。泣いてはいけないという真人の言葉を守れないと、三人はわかっていた。

出棺の前に賢人は、子どもたちがそれを知らずに済むように四人を連れて会場を出ていた。

「今日も、もしかしたら明日も子ども達泣くかもしれないけど。そのうち自分たちの叔父さんすごい変なやつだったんだよって、笑える気がします」

少し先の未来を想像して語った等に、賢人が苦笑する。

「……俺たちがもう、思ってるしな。変な弟を持ったよ」

「そうだよ。変なやつだったよ、真人兄は」

そうか、と納得した賢人に、苦人は言った。

「父親なんか、無力なもんだな」

手の中のグラスを見て、いつもより賢人が酒を呑む。

今日佐知が子どもたちにどんな風に真人の話をしているのか、ここにいる者たちが知ることはない。

「苦人」

ふと、もう一人の父親である勇人が、苦人を呼んだ。

「何？」

この名前のことで父親に歯向かい続けた苦人はまっすぐ名前を呼ばれることが珍しくて、驚いて目を見開く。

「おまえの名前、映人がつけた」

「えええええっ!?」

その突然の告白には、当の苦人だけでなく、賢人も等も驚いた。

「うちはずっと、男子に人の字をつけるだろ？　いつからなんだろうな。おまえが生まれた時、親戚が多くて。おまえの従兄たち、祖父や曾祖父にも人の字がついているし。もうネタ切れだと私が映人にぼやいたんだ。ちょうど、酷い発作を起こして入院中の病室で」

二十年以上前の病室を、昨日のことのように勇人が語る。

「トマトにしたらどうって、映人が言ってな。そのまま届けを出してしまったんだが」

もちろん麻沙子は知っていて、困ったようにくすりと笑った。

「退院して帰ってきた映人が、冗談だったのにって私が怒られたよ……。正直、私は弟の遺言のように聴いてしまったんだ。映人にして見れば、それは遺言どころかただの冗談だった」

「冗談っていうか、駄洒落(だじゃれ)だろ父さん。人は聴きたいように聴くを証明するかのような逸話(いつわ)だな……」

勘違いを打ち明けた勇人に、苦人の苦労を覚えている賢人は笑えず呆然としている。

みんな、同じなのかもしれない。

ここのところずっと癖のように終わらなかった、真人との答え合わせを繰り返していた等は、勇人の話を聴いていてそう思えた。

同じものを見て、同じ言葉で話しているような気がしているけれど、時にはこのくらい懸け離れたことをお互いが知らずに思っている。

みんなだ。

それはどうしても、等の心に凪(なぎ)を呼ぶ言葉だった。

——愛するに時があり、憎むに時があり。

みんな、それでも愛し合ったり、憎み合ったりちゃんとできている。

「……映人叔父さんの、駄洒落かー」

笑うしかないと、苫人は長い長い息を吐いた。

「叔父さんがもう少し生きててくれたらなあ。なんかいろいろ違った気がするよ、俺も。名前のこと」

「あんた小学校に上がったばっかりだったものね。映人さん逝っちゃったの」

「うん」

よく覚えている叔父はきっと自分にどれだけ済まないと思っただろうかと、苫人が母に頷く。

「なんで今更その話したの？　……父さん」

苫人が尋ねたことは、みんなの疑問でもあった。

「なんでだろうな。おまえが小学校や中学校で名前のことで大変だった時には、言おうとは思えなかった」

それは亡くなった弟のためでもあったのかもしれないし、その弟が好きだった苫人のためだったのかもしれない。

「今だと思っただけだ。私が」

理由は判然としないと、勇人は穏やかに言った。

「そっか。そういうことって、あるかもな。なんか」

当事者の苫人も、理由は語られなくても納得する。

せめて叔父が逝ったあと話してくれたら、耐えられたかもしれない。わからない。弟を亡くした父に、その弟を責めることを叫んで後悔したかもしれない。

誰にも想像はつかないし、理屈ではない。

「……これから先」

誰にも聴こえない小さな声で、等は独り言ちた。

これから先、真人のことできっと、そういう日が何度も巡るだろう。昨日は無理だけれど、今日。今日は駄目だったけれど、明日。

そんな風に、今だと思える今が、そう思えることが。

それがどんなことなのかは、まだまるでわからないけれど。

「あら、やっと来たわ」

インターフォンが鳴って、友梨が来たと麻沙子が立ち上がった。

「もう始めてたわよ」

玄関の方から、麻沙子と、麻沙子に挨拶をする知らない男の声が等にも聞こえる。

礼儀正しいし、今のところ等には理由不明だ。

何故父も兄も弟も、暗い顔をして下を向いているのかは。

「あら、久しぶり。等！」

「お久しぶりです、友梨さん」

意外と元気そうに手を振った友梨に、等は腰を浮かせた。

「どうも、お邪魔します。等さん？」

その友梨の影で見えなかった男が、顔を見せる。

「真人の友達よ」

「はじめまして、等さん」

まっすぐ等を見て頭を下げた男に、漏れなく等も友梨の家族と同じ表情になった。

「……はじめまして」

「あたしの婚約者。早坂先生」

早坂という男はどうやら友梨と同じ医者らしく、友梨は「先生」と呼んで二人は勇人と向き合うソファに並んで座る。

友梨は確か三十を過ぎて、線が細くなってより美しさが増していた。一見見たところ早坂は友梨より大分年下のようだが、何か問題を秘めては見えない。

他人ならばきっと、この大問題は見えない。

「これ、つまらないものですが」

麻沙子の方を見て、早坂は鞄から酒が入っていると思しき大仰な箱を出した。

「そんな、気を遣わないで」

大らかに、麻沙子だけが笑っている。

「どうしたのみんな、暗い顔して。あたし今年は泣かないわよ。真人の悪口言うから、ちゃんと」

「駄目だよ、悪口なんて」

隣から早坂が、友梨を諌めた。

「亡くなった弟さんの悪口なんて、よくないよ」

これがどういう宴なのか理解できていないのは、早坂のせいではない。

どちらかというと責任の全ては友梨にあった。

早坂は、友梨と真人を知る者が頭を抱えたくなるほど、見た目が真人に似ている。

「もう食べてたから、あったかいうちに二人とも食べて？」

「ありがとうございます」

取り皿とグラスを持ってきた麻沙子に、大きな口が大らかに笑った。

背が高く、中途半端な長さの髪がくるくると巻いている。戯けた表情が似合う。

初めて早坂を見た等には、息が止まるほど真人に似て見えた。

——ま、ご覧あれ。等はまだ、毎日真人兄の夢見てんの？

友梨の婚約者の話をした苦人の暗さとともに、何故突然自分に話が飛ぶと思ったことを思い出す。

「……なるほど」

友梨は今、どの辺にいるのだろう。

あの時苫人は、等の心の場所も案じてくれたのかもしれない。

「まあ……結果オーライかもしれないし」

真横で、「いい人かもしれないだろ」と言うわけにも行かず、等が苫人にそっと告げた。

「だといいけど」

「等さんは、真人さんとは学生時代の?」

穏やかに早坂が、等に尋ねる。

いい人なのかもしれない。やさしい人なのかもしれない。だとしたら友梨は幸せになるかもしれない。

「はい。今は、苫人くんと同じ学校に勤務している教師です」

「そうなんだ! すごい偶然ですね」

けれど友梨は、まるで等が真人と話しているのを見ているように、満ち足りた笑顔で思い出の中を眺めている。

「……うーん」

「……だろ?」

早坂がどうというより、やはり友梨の目を覚まさないことにはとは、ここにいる誰もが思っていた。

「じゃあ、二人とも中学の先生ですか？　大変でしょう、中学生」

「いろいろです」

ごく普通の問いかけに、ごく普通に等が返す。

「いろいろ？」

首を傾げて、早坂は笑った。

悪い人ではないのかもしれない。ごく当たり前の反応だし、何か取り立てて咎めるようなところはない。

けれど友梨にはこの人では駄目だ。友梨のこの先の人生が全部夢の中になる。

「あの」

けれど家族は腫れ物に触るように見ているしかないのはわかって、仕方なく等は声を上げた。

「真人の部屋、そのままなんですよね」

「そうよ。何も変わってないわ」

たまに掃除をしているという麻沙子が、少し寂しそうに微笑む。

「ちょっと入っていいですか？」

「ええ、どうぞ。いつでも入っていいのよ、等くん」

麻沙子に言われて、頭を下げて等はソファを立った。

リビングを出て、広い廊下から階段を上がる。

この家の二階に上がるのは、随分と久しぶりだった。今両親と住んでいるのは苫人だけで、その苫人がいるのもあって真人の祥月命日に等はこの家を訪ねることがあった。線香を上げたり手を合わせたりはしない。

「友梨さんには、やっぱり通夜も告別式も初七日も四十九日も必要だったのかもしれないぞ。真人」

真人がやるなと言った全てを並べて、その部屋のドアに等は手を掛けた。

二階の、真人の部屋に入るのには勇気がいる。

ドアを開けても、いつもそこにいたはずの真人がもういないと、思い知るからだ。

「おまえの写真も、遺影って言うのかな」

家の中には真人の写真はたくさんあって、やっとの思いで今等がドアを開けた真人の部屋にも飾ってあった。

どの写真も、真人は笑っている。

少し構えて、じっと等は真人の写真を見た。記憶の中の真人、写真の中の真人。

一致しなくなるのが怖くて堪らないと、最近等は思っていたはずだった。

「呑気(のんき)な顔しやがって」

けれどその怖さは、不思議と今は見当たらない。この間、苫人と体育館の二階回廊にいるときも怖くないと思った。

何故だろう。

写真に笑って、二年ぶりに真人の部屋のクローゼットを、等は開けた。

埃はちゃんと払われて、けれどクローゼットの中も二年前のままだった。

一番最初に真人の部屋で着た、街角で体に当てた朝焼け色のワンピースに似た、友梨のお下がりのワンピースを着て等はリビングに戻った。

ソファで苫人の隣に座って、特に断りなくミモザサラダを食べる。

「あの」

明らかに困惑して、早坂は隣の人を凝視していた。

「どう、したの?」

突然二階でワンピースに着替えて降りてきた中学教師に、そんな風に狼狽(うろた)えて尋ねてしまうのは、別に早坂が特別理解のない人間だからとは言えない。

「きれいだからです」

「あの、構わないけど。僕は、でも」

「あなたの許可は特に求めてないです」

真人と似た顔で構わないと言われたことは、等の気に障った。

「友梨さんが、気の毒だと思わないの」

気に障ったその気が伝わって、早坂も憮然とする。

「あなたは、僕がワンピースを着てどうして友梨さんが気の毒だと思うんですか?」

「だって……恥ずかしいだろう。普通」

特別悪い人間でもなく、極端に保守的なわけでもきっとない。

「早坂先生」

けれどとにかくこの人は真人ではないと、友梨はやっと気づいたようだった。

「やっぱり結婚するのやめるわ」

「どうしたの急に!」

「ごめんなさい」

席に着くなり別れを切り出された早坂は、目を剥いて友梨を見ている。

「その顔を見てたかっただけなの。あなたがどんな人なのか、あたし全然知らないみたい」

立ち上がって、「ごめんなさい」ともう一度友梨は深く頭を下げた。

「……どうしたんだよ、一体」

「早坂さん」

ため息を吐いて、勇人もソファから立つ。

「友梨はずっと、具合が悪くてね」

申し訳ないと、滅多に下げない頭を勇人は下げた。

「本当にごめんなさいね。友梨が、申し訳ありません」

いずれこうなると麻沙子だけははっきりわかっていたのか、早坂を玄関に促して機敏に動く。

納得できる訳のない早坂が大きな音を立てて玄関を閉めて、麻沙子が戻ったリビングはしばらく気まずい静寂に包まれた。

「正気に返ってしまったわ……」

ため息を吐いて、友梨が目の前にあった酒を飲み干す。

「それは何よりです」

久しぶりのワンピースは少し落ちつかなくて、それでも等は笑った。

「姉貴しか悪くねーぞ。あの人気の毒だ」

「だから謝ったじゃない。明日もっとちゃんと謝るわ」

「そうなさい」

責めずに麻沙子が、友梨に食事を取り分ける。

「俺はあの人の顔見てたくないよ。いろいろだな」

「俺も」

苫人が言葉にしたのに、等も小さく呟いた。

「……たくさんのことは、考えてなかったわ。あたし」

目の前に真人と同じに見える顔が現れて、そこから友梨は何処かにいたのだろう。現実を離れて、いない人といくらかを過ごした。

「あの、ところで等くん」

笑顔だけれど、さっきまでの冷静さとは違う表情で、麻沙子が等を見る。

「はい」

「ものすごく今更なんだけど……ううん、告別式の、あ、お別れ会ね。お別れ会の後から気になってたんだけど。時々、真人の部屋を掃除しながらね」

「はい？」

不意に水を向けられて、等はすぐに麻沙子の言いたいことを察してやることができなかった。

「私も、気になっていた。等くんは」

等には察せないが、夫は妻の言いたいことがわかって、「自分も」と言う。

「真人の、恋人でいてくれたのか？」

思い切ってという勢いをつけて、もう定年世代の、松本市の名士で堅苦しい父である勇人が、等に言った。

「あ、の……」

飲みものが口に入っていたら、等だけでなく苫人も危ういところだった。

けれど真人の両親は、責めてもふざけてもいない。

長いとは言えなかった我が子の時間に、もしかしたら恋という喜びがあったのかもしれないという大きな希望が、二人のまなざしには映っていた。

「……ご期待に添えずに本当に申し訳ないのですが、俺と真人は友達です。恋人ではありません」

真摯(しんし)に、等が真人の両親に頭を下げる。

「素晴らしいわよね、二十一世紀って。あたし子どもの頃、息子がゲイだから仕方なく殺す父親の洋画とか観たわ。なのに、息子の男の友達が、恋人じゃなくてすみませんって。素晴らしい時代が来たわ」

恋人ではないと知っていた友梨が、ワンピース姿の等に微笑んだ。

「確かに」

これは両親を称賛するしかないと、苦人も肩を竦(すく)める。

「……いや。理解があるように見せるのは不本意なのでちゃんと言うが。もし真人が生きていて、健康な……子どもが持てる体だったら大反対したよ。私は」

いないからの期待だと、勇人は正直に打ち明けた。

「まあ、俺も子ども達が成人するまでは言うなくらいは言ったと思うよ。ただ、真人は」

両親よりは長い時間お別れ会で等のドレス姿を見ていた賢人も、実際のところは何も知らなかったのか少し気持ちを落として見えた。

「なんにも欲しがらなかったからな」

恋人がいたならその方がよかったと、弟を思って賢人もため息を吐く。

「真人……自分で言ってました。病気のことわかって、親友とかそういうの持っちゃダメだって自分に言い聞かせてたのに」

大学三年生のクリスマス、初めて真人の病気のことを知らされたとき、等はもう真人の親友になってしまっていた。

「親友は作るもんじゃなくてなるもんなんだなって。病気のこと知って、俺がブチ切れた時に」

そのくらいの分別は自分にだってあったんだけどと言った、あのときの真人はどんな思いだっただろう。

桜が咲くまで、真人を避け続けた。

俺におまえを与えてんじゃねえよと、等は怒鳴った。

それから二人で、梓川釈迦堂（あずさがわしゃかどう）の枝垂桜（しだれざくら）の下に座った。

「俺たちは親友です」

真人は親友は持っていると、両親と兄に、等が告げる。

「じゃあ」

穏やかに笑った等に、勇人は言葉を受け入れて呼びかけた。

「等くんは、友梨のワンピースが好きだということなんだね？」

「父さん真顔⁉」

本当に真顔で言った勇人に、友梨が笑う。

その友梨は、もう以前の友梨に等には見えた。けれど目の前の友梨さえも、今心の中にどんな思いを持っているのか誰にもわからない。

「すみません、俺」

ワンピース姿が申し訳なくなりながら、等は勇人と麻沙子を見た。

「説明できないんです。大学一年のとき、たまたま真人が俺がワンピースが着たいって気づいてくれて。気づいてくれて？」

「思い出を美化してる」

隣で苦人が、きちんと注意喚起をしてくれる。

「危ない危ない。友梨さんのワンピース、戯(たわむ)れに着せてくれたんです。真人」

「気づいた日のことは忘れられないわ……十代の男子に内緒であたしのワンピース着られてたなんて」

「友梨さんに見つかって、真人が叱られて。それ以来友梨さんがおさがりをくれるようになって、真人の部屋で俺はずっとワンピース着てました」

理由は今も、どんな風にも語ることはできなかった。

「ずっと着たくて堪らないの我慢してたので、すごく幸せで。……そういえばお別れ会以来初めて着ました。今」

だから事実だけを誠実に、勇人と麻沙子と、そして賢人に伝える。

「真人の部屋じゃなくても」

最初に恋人だと期待した麻沙子が、穏やかに、ため息のように言った。

「持って行っていいのよ。着たら?」

どんなことなのかは麻沙子にも、勇人にも賢人にもわからないけれど、真人が等と過ごした時間を愛おしく見ていてくれる。

「これだけ……いただいてもいいですか? 初めて着たワンピースなんです」

そして真人の病室でも、等はこのワンピースを着た。

初めて着てから六年後、真人がいってしまう直前に、たまたま友梨がくれたのだ。

「お気に入りだったのよー、それ。今見てもきれいね。似合うわ、等」

「お下がりになったの六年後だったから、友梨さんに本当に悪かったって思って。俺もよく覚えてます」

「……あんなに着たかったのに、もう着なくてよくなったのか?」

ずっと尋ねずにいたことを、苦人が等に尋ねる。

何度も、その問いを苦人が言い掛けてやめていたことに、等は気づいていた。

苦人にとってもその問いはきっと、「今」だったのだろう。

「真人が着せてくれて、真人がいなくなっちゃったからかな」

けれどきっと、苫人も答えは知っている。

「わかんないよ、何も」

今も、何もわからない。

あんなに、病気だと思うくらい着たくて着たくてたまらなかった、きれいなワンピース。真人が着せてくれて、真人のそばでだけ七年、等は友梨のワンピースを着ていた。

真人がいなくなって今日まで、着たいと思えなかった。

ちゃんと説明はできない。今も等は、言葉の通り自分がわからない。

「なんだか等、しっかりしたわねえ」

等の言葉とは裏腹に、友梨は感心して息を吐いた。

「俺こないだ、職場で助けられちゃったよ。等に」

肩を竦めて、もう問いの先は待たずに話を変えて、苫人がみんなに教える。

「嘘みたいね。迷子だったのに」

「どこを歩いてるのかは、今もわかんないですよ」

けれどわからないことを、等はもう、否定しない。

「何を助けてくれたの？　苫人の」

勇人と賢人は酒を酌み交わして、麻沙子が等に、末息子のことを尋ねた。

「俺がモテちゃってさ……中学二年生に」

改めて話すとなるとバツが悪くて、曖昧に苫人は茶を濁そうとする。

「やだ！　あんた牢獄行きよ!!　去勢してやろうか!?」

「だからすごく慎重に接してるんだよ！　こっちも!!」

今すぐ去勢しそうな勢いの友梨に、苫人は悲鳴を上げて後ずさった。

「それでもどうしても、ああいう子はいるから。年上とか先生といるのが大人だと思っちゃう子。本当にこっちが、大人が気をつけないといけないんですよ」

「等くんが苫人の同僚になってくれて、本当に安心だわ。ありがとうね」

「そうだな」

「まったくだ、苫人が教師とは」

麻沙子が心から言ってくれるのに、勇人と、賢人も大きく頷く。

「そっか。等は苫人の先輩だから、もう経験があるのね。生徒に告られたり迫られたり」

「……え？」

手を打った友梨に何を言われたのかすぐにわからず、等は長く考え込んだ。

「あ」

ようやく理解に及んで、自分は経験ではなく、ただ日々の学びによって苫人を助けたのだと己で気づく。

「俺、ただの一度も愛の告白されたことない」

独り言ちた等に、佐原家全員が大きく咳き込んだ。

——おまえが好きだなあ。

このワンピースを着ている時に、真人はそう言った。人のことを考えている等を、可愛いと言った。

あれは、愛の告白じゃない。

十三歳で病気を知って、そこで真人は恋を自分に禁じた。中学生で止まった、真人の幼さだった。やさしい幼さを、等は自分だけの記憶にしてこれだけは誰にも教えない。

その幼さを大切に抱いて、今、等はなんとか本物の中学生と向き合っている。

幼い真人は、可愛いと感じる心を、恋だと勘違いしたまま いってしまった。

等にはつらい、もうどうすることもできない真人の思い違いだ。

「え？　じゃあ彼女とか……」

「友梨さん、十八の時から俺のこと知ってますよね……どうしてそんなこと言えるんですか？」

なんでわざわざそんな残酷なところを突いてくるのだと、痛くてやさしい思い出の中にいた等は友梨に顔を顰めた。

「じゃあ……童貞なのね」

「なんてこと言うの友梨！」

サラッと言った友梨に、産みの母がさすがに絶叫する。

「ごめんなさい！　あたしこういうところだけ医者で!!」

「嫁入り前の娘が、本当になんということを……すまない、等くん！」

「あの、そんなに深々と謝られると自分も」

「だから男と続かないいんじゃないのか友梨は……」

賢人が呆れ返った。

いたたまれない等よりも、家族は友梨を咎めて友梨の未来を案じた。

「まあ、いつも自分のことでいっぱいいっぱいで。俺」

恋人どころではなかったけれど、真人がいなくなってしまったから初めて人と向き合いながら生きていると、不意に等も今の自分を知る。

「そしたらこれからね。まだ二十代だし」

「慰めとかいいです……」

もうこれ以上そこはと、さすがに等も友梨に掌を見せた。

「等に彼女かあ」

同じ自分のことでいっぱいいっぱいの十代を過ごしながらも、等と違ってそれなりにモテてきた苦人が大きく伸びをする。

「ま、人間にはできないこともあるよ」

「それここで使う言葉じゃないだろ！」

大きな声を上げた等に、苦人も、友梨も笑った。

麻沙子も仕方なさそうに笑って、勇人と賢人は苦笑している。

みんな笑ってる。

見てないだろ、勝手に笑ってるよと、等は心の中で真人に言った。

真人がいなくなることを知っているということと、真人がいなくなった世界を生きることは。

まるで違っていた。

そのことはきっと、自分だけでなく真人も知らなかっただろう。

「いい気なもんだ。あいつ」

いい気なもんなのが真人でよかったと、等は笑った。なんとか許してやろうと思える。

「あたし今年はちゃんと、真人の悪口用意してきたから」

去年とは違うと、友梨は張り切って子どもの頃の話を始めた。

懐かしそうに、笑って、みんなで友梨の話を聞く。

「……それで、山の中で二人で夜になっちゃって」

けれどどうしても、思い出の中に返って友梨の声は涙声になっていった。

「覚えてるわ。上高地（かみこうち）だったわねえ、心配したのよあの時は本当に」

痩せた声なのに、麻沙子が続きを語った。

「上高地っていえば、真人のやつさ」

それを酷だと思って、賢人が気丈に真人の話をしてくれる。

もう、友梨と麻沙子は、仕方なく泣いて俯いている。

どうしてもできないこと。

知らなかったことを、これから自分たちは一つ一つ見ていく。知っていく。

その世界に、真人はいない。

いないということを、毎日等は知る。慣れる日も穏やかな日も、まだまだ遠い。

今日できることは、それを知ることだけだ。できないこと、遠いこと。

「俺も、上高地で真人兄とかくれんぼしててさ」

「なんで真人とそんなことしたんだ」

「山を舐めては駄目だ。本当に」

真人をよく知っている兄と弟が話すのに、父が今更叱った。

みんな、二年前の五月七日に、真人のそばにいた。早朝友梨が電話を寄越して、一番最後に等が駆け付けた。

なんだよ、着てこなかったのか?

そんな戯(おど)けたようながっかりした顔を、平服で枕辺に立った等に真人は見せた。俺が死ぬときは着て来いよと、朝焼け色のことを真人は言っていたのだ。

その時の答え合わせを考えるのが、本当は等は一番怖かった。最近真人の気持ちを考えるたびに、最後の時のことだけは蓋をしてずっと避けていた。

最後まで真人だったよと、お別れ会で同級生に等は言った。ワンピースを着て病室に行かなかったから「なあんだ」と、そんな顔を真人はした。

二年前の今日、等は確かにそう思った。

けれど、本当にそうだったのだろうか。がっかりした戯けた顔に見えたけれど。

そんな顔をしてやろうと、等に朝焼け色をくれたときからもしかしたら真人は決めていたのかもしれない。

そんな顔で、心を残さないように別れてやろうと、等が想像するよりずっと頑張ってくれたのかもしれない。

「……どっちでも、いい」

みんなの話を聞きながら、ふと呟いた自分に、等は酷く驚いた。

いつからこの怖さが遠退いたのだろう。記憶が薄れても、記憶が食い違っても、真人の気持ちをその時わかっていなかったとしても、もうそんなに怖くない。

どっちも真人だ。どの真人も真人だ。

だから本当はどうだったかなんて永遠にわからないけれど、それでかまわない。

「そっか、俺」

自分を否定しない力を、間違いなく真人は朝焼け色と一緒に等にくれた。自分のことも否定してくれるなと、一度だけ真人はまっすぐにみんなに言った。

人を、自分を、否定しないで生きることはそんなに簡単なことではない。本当に難しい。二年前等はもう自分を否定しないと歩き出したけれど、その道の過程で段々とこんな風に、一人ではなくなって人と交わりながら、きっとゆっくりとその力を得た。

自分も、人も、等は否定しない。

だからもう、真人が真人であったなら、答え合わせが間違っていても大丈夫だ。それが真人なのだから。

真人のいない世界を、こんな風に歩くことを、等も少しも想像していなかった。

泣いたり笑ったりしながら、この部屋で真人を語る声はやまない。

「真人」

声に出さずに等は、心の中の楽園だけでなく目に映る世界がとても美しいと、真人に教えた。

そして心で彼に告げる。

これが、おまえのいない世界だ。

理性の王国

二戸羽瑠は、理性の王国の王だ。

王である二戸羽瑠は人類と和解した。

はずだった。

長野県松本市内にある中高一貫教育私立開智学園中等科から、羽瑠は高等科に全科目トップの成績で進学した。教師や両親に他校を薦められもしたが、英国のイートン校を模した開智学園の美しい校舎を羽瑠は好んでいた。

高等科は中等科と広い道路を挟んで向かいにあり、正対称の構造になっていることもまた羽瑠の気に入っているところだ。

ただ、高等科進学コース一年A組のクラスメイトの多くは、二学期になっても羽瑠のことを特に気に入ってはいないようだった。

「おはようございます」

天井の高いホームルーム教室の三十一名のクラスメイトに後ろの扉から、普段することのない挨拶を敢えてした羽瑠は、白いカーテンがきちんと開けられている窓際の一番後ろの席の椅子がないことに気づいていた。

そこは羽瑠の席だが、構わず窓辺に向かってこの一年で長く伸びた足で歩く。

よく晴れた朝の日差しはやわらかく、机に学校指定の鞄とトートバッグを置いた羽瑠を、クラス中が見ていた。

中には嘲っている者もいたので、人類との和解がまだ一方向でしかないと羽瑠は知ることになった。

だが、和解が成立していないと知る以外に、羽瑠の感情は微動だにしない。

そのまま羽瑠は、教室前方に向かって丈の長い英国風のジャケットをはためかせ、中等科の終わりに百七十五センチを超えた痩せ型の体で軽やかに歩いた。裏側がゴムになっている黒い布の上履きなので、残念ながら踵の音は響かない。

教卓横の窓際、教師が事務作業をする簡易デスクの椅子に羽瑠は腰かけた。

教室は一瞬ざわめき、そして静まり返る。誰なのか、または全員なのか、自分たちの失敗に彼らは気づいたようだがもう遅い。

「おはよう……どうしたんですか、二戸くん。そんなところに座って」

丁度前の扉から、Aクラス担任の宮古武郎が入ってきた。開智学園では英国にかぶれている学園長の指定で、教員も皆ジャケット着用を強いられている。

「僕の椅子がないんです」

右の掌を晒して言った羽瑠に、宮古はグレーのジャケットを着て眠そうにしていた目を俄に見開いた。

「昨日の帰宅時には椅子はありました。自分で動かした記憶はないです」

人類と和解したはずなのに、勢い大きく足を組んだのはやり過ぎだったと羽瑠が肩を竦める。

「もしかしたら、いじめに遭っている可能性も否めませんね。僕」

無駄な持ち物だと羽瑠自身は思っている色素の薄い整った顔立ちは、思いがけず開智の制服に似合っていた。

そんなつもりは全くないのに羽瑠は必要以上に、人類側の言い分としては限度を超えた冷たいまなざしを冴え渡らせていた。

「この進学Ａクラスで、排除を受けている可能性を感じています」

「あの！」

まっすぐ教師を見て言い放った羽瑠の声を聞くと同時に、四人の男子生徒が一斉に立ち上がる。

「俺たち二戸くんの椅子探してきます！」

「必ず見つけてきますから」

「待っててください！」

「二戸さん待っててください!!」

四人は口々に「我々が犯行に関わった者である」という残響を教室に残し、宮古の返事も待たずにバタバタと教室を飛び出して行った。

前方からクラスを見渡して、一つ不可解なことが羽瑠にはあった。特殊な表情をしている人物が、大きな存在感を持って目に入ってくる。

「……じゃあ、二戸くんはそのままそこで待機していてくれるかな」

胃の辺りを押さえて、宮古が青い顔をして教卓に手をついた。

「先生がよろしければ」

「もちろんよろしいです。……出席を取ります」

おかしな日本語を喋って、力なく宮古が出席を取り始める。

椅子を探しに行った四人の顔と名前を危険分子として羽瑠は記憶に刻み直したが、彼らに何か非礼をした記憶もなければ、ほとんど話した記憶もない。

今笑い声の中にあった女子生徒も含めて、人類の多くは羽瑠が「椅子を奪われた」という否定に慟哭(どうこく)することを望んだのだろうが、羽瑠は慟哭どころか面倒以外は一切何も感じていなかった。

「何故(なぜ)、人は否定に弱いと皆思い込むのだろうか」

独り言(ご)ちた羽瑠は、けれど人が否定に弱いのは感情があるからだとは、学んでいた。

考えるまでもなく、自分に圧倒的に足りていないものは感情だ。

だが今のところ不便は感じていない。椅子を奪われれば否定と受け取って慟哭すると彼等が想像するなら、感情はむしろとても厄介なものと言えるだろう。

「『わたしは心をつくして知恵を知り、また狂気と愚痴とを知ろうとしたが、これもまた風を捕えるようなものであると悟った』」

広い四階の窓から緑に囲まれた煉瓦造りの校舎とその風を見渡して、様々本を読んできたがとても気に入っている旧約聖書の「コヘレトの言葉」をつい羽瑠は唱えた。

「……二戸、羽瑠さん」

いつの間にか生徒の何人かと同じく「くん」から「さん」に敬称が移行した宮古が、胃を押さえながら羽瑠を呼ぶ。

「はい」

さてどんな椅子が返ってくるのだろうと思いながら、静かに羽瑠は答えた。

「人類との和解は簡単ではないな」

それはコヘレトではなく、羽瑠の呟きだった。

感情が動かないことを、足りないとは思っていない。

だが知らないということは羽瑠にとって最も恐ろしいことなので、多くの人が知る感情を知ってはおきたいと、小さなため息が出た。

十月初旬の渡り廊下は吹きっさらしでもまだ寒くはなく、放課後運動部が熱心に部活動をしている体育館へ、羽瑠は本の入った学校指定の鞄を手に歩いた。

外壁に赤煉瓦を組んだ校舎だけでなく体育館も造りがしっかりして天井が丸く、二階に高窓から光が差し込む回廊がある。

「中等科と同じ構造でよかった。図書館よりここが読書に向いてる」

教室の窓ガラスは透明だが、体育館の高窓には様々な色が配置してあった。自然光で読書をするのに、放課後の頃ちょうどいい。体育館で部活動をしている生徒のたてる音や声は天井に跳ね返って僅かにやわらぎ、外からは運動部員の声が聞こえ校舎からは吹奏楽部の奏でる音楽が聴こえたが、全て混ざり合ってそれもちょうどいい音に思えた。

椅子は、ホームルームが終わる頃四人がかりで羽瑠の机に設置された。結局元の椅子は見つからず、用具室から新しい椅子を無理矢理もらってきたと四人は顔を強張らせた。

「新しい椅子になって、僕は満足している。高さもいいし」

四人とともに顔を強張らせていた宮古にそれを伝えると、「見つかってよかった」と彼が胃を押さえながら言ってその件は終わった。

「あの椅子が気に入っているのは本心だけど、その本心が伝わっていないことは知ってる」

窓の下の壁に背を預けて、「エチカ」という哲学書を羽瑠は開いた。一人は全く苦ではない。だが集団から自分を排除しようとする者が現れたら、それは理不尽であり時には暴力なので適切な対処をする。

今日羽瑠がしたことはたいしたことではないし、椅子がなくなるような排除は初めて経験したものでもなかった。

「確かに中学二年生までは、僕は同級生を見下していた。それは僕の落ち度だと今は反省している。他人を見下していいことは一つもないと気がついた。悪いことはたくさん起こる」

中学二年生の時は椅子と机の両方がなくなったこともあるし、上履きが消えたこともあった。人は異端を狩ると思って相手にしなかったが、自分の方に彼らを見下す感情があることがそうした面倒を増やしていると気づいて、羽瑠は自らの落度と非礼を認め人類と和解することにした。

「しかし僕が和解したことが人類に伝わっていない……」

和解を望む我が白旗が見えていないのかと羽瑠は言いたかったが、誰にも見えていないことは明白だ。

「それでも面倒は格段に減ったけれど、和解はまだまだ一方通行のようだ」

他人についてはあまりにも知らない自覚があり、羽瑠は知らない他人というものを知りたいと願い両手を広げて人類を待っている。つもりだった。

ふと、耳に馴染んでしまった軽やかな足音が重々しく通り過ぎて止まる。その足音は羽瑠が和解を求めている人類ではない。

物の怪というほどのものでもない。感覚としては本に出てくる座敷童に近かった。時折そうして近くに座る。座敷童のいる方角は、用がなければ羽瑠は見ない。

「隣、座っていいか?」

不意に、本の先に誰かの爪先が見えたと羽瑠が知った途端、頭上一メートルを超えるところから低い声がかけられた。

その声の主の背丈が大きいので、座敷童も羽瑠の視界から消え去る。

「北上くん」

高すぎる頭上、身長百八十センチ後半のクラスメイト北上來大が、羽瑠の記憶によると同じクラスになって初めて声を掛けてきた。

もっとも、Aクラスには羽瑠に話しかけない者は他にも大勢いる。

「どうぞ。みんなの場所だよ」

みんなというのはとても都合のいい言葉で、普段羽瑠は使うことを控えているが、ここは使うところだろうと未知のクラスメイトに答えた。

「みんな、か」

同じように「みんな」に痞えを感じるのか、単に反復したのか、黒髪を中途半端に伸ばした來大が大きな体を畳むように隣に腰を下ろす。

「何読んでるんだ?」

会話を好む女生徒の中にさえ羽瑠に話しかけたことがない者はいるのに、そもそも彼は無口だと思った途端、手元の本について來大に問われた。

「スピノザの『エチカ』」

もしかしたら彼は、最初に羽瑠に近づいた人類なのかもしれない。

「何が書いてある」

人類代表なのかもしれない來大は、本の中身について尋ねてきた。

「僕にとっての理想的な理性のことかな。何度か読み返してるけど、まだ理解しきれてない」

「理想的って、どんなことだ?」

「『いかなる物も、外部の要因によってでなくては滅ぼされることができない』」

自分は自ら自分を滅ぼすことは考えないので、羽瑠にはこの一文は畏怖であるとともに印象的だった。

「難しくて怖いことが書いてある本だ。おまえ、勉強好きだな」

感情の読み取りにくい単調な声で、來大が羽瑠について語る。

羽瑠は確かに勉強が好きだった。大好きだ。

だがそれを誰かが知っているとは気づかなかった。

「俺も最近好きだ。勉強」

開智(かいち)学園高等科には、進学クラスが二つある。学園長の理念で、成績でランク分けをしない。

同じAクラスでも、來大が二学期になって上位に入ってきたことは羽瑠も知っていた。

「なるほど、最近か。最近勉強が好きだと言った來大に感心して、羽瑠が「エチカ」を差し出す。

「いいのか？　サンキュ」

受け取って真面目な顔で來大は、ゆっくり本を捲っていた。

その速度にもまた、羽瑠は感心した。「エチカ」は序文が長く、長い序文を理解しないと本文がとても読みにくい。

十五分ほどかけて、來大は四頁読み進めた。それは羽瑠には妥当な時間の掛け方に思えた。

「俺には難し過ぎる」

誠実に本を読んでいる來大は人類代表なのかもしれないが、実のところ一つの大きな懸念を羽瑠に与えていた。

その懸念は外れてはいないだろう。

「この本は俺には無理だ。無理だけど、また来てもいいか？」

丁寧に本を返されて、人類代表への懸念に一瞬羽瑠は疑いを持った。その懸念は間違いなのではないかと、考え込んだ。

「隣」

來大は意味がわからないと思ったのか、自分の座っている場所を指す。

「ああ。君の自由だ」

懸念が当たってても別に構わないと決めて、羽瑠は頷いた。彼がとりあえず人類であることには変わりはない。

「自由か」

難しい顔をして、來大は沈黙した。

「自由も難しい」

本当に意味がわからないと、膝を押さえて立ち上がる。

「ところで」

背が高すぎて他人に声が聞こえにくい自覚があるのか、少し屈んで來大は羽瑠に座敷童の方角を見て言った。

「彼女か？　俺、邪魔じゃなかったか」

彼女という随分と凡庸(ぼんよう)な言葉で矮小化(わいしょうか)された座敷童に同情して、羽瑠もその方角を見る。

視線の先には、同じ開智学園の制服を着た二年生の榎本由麻(えのもとゆま)が、膝を抱えてその膝に顔を埋めていた。

「今敢(あ)えて尋ねるなら、最初に訊くことだと思うけど」

二年生の由麻は、埋めた膝から時折顔を上げて羽瑠を睨み、また埋めてと繰り返す。

「いや、なんか」

ちょうど膝から顔を上げて無言で羽瑠を睨んだ由麻に、來大は気圧（けお）されて黙った。

「最初から訊けるような感じじゃなかったんだが……」

同じ体育館の二階回廊で、羽瑠は窓の下に、斜め向かい微妙に三メートル以上の距離を置いて膝を抱えている由麻にはそこは定位置で、むしろ今「彼女?」と訊いたことがどうかしている。

「所謂（いわゆる）、空気を読んだんだね。それはそれで正解だけど」

「先輩だよな」

顔を上げたので、一学年上で容姿が整っていることが有名な由麻に見覚えがあると、來大は気づいた。

「そうだね。榎本先輩は」

また顔を伏せた由麻は、羽瑠にとっては人類ではなく座敷童だ。彼女がああしている時は見ないことにして、こちらからの対話はしない。

「時々ここにくる」

彼女でもパートナーでもないと、言外に羽瑠は來大に告げた。

「ご自分と向き合ってらっしゃる。ここにいる時、だけ」

だけ、という語尾に羽瑠が重きを置く。

ここに来てここにいる時だけ、由麻は座敷童なのだ。

「……そう」

充分過ぎるほど不審なのだろうが、來大はそれ以上尋ねずに「じゃあ」と歩き出した。懸念事項を抱えている人類が、手短にファースト・コンタクトを終えて去っていく。

「歩幅が広いね」

姿が消える速度の早さに、羽瑠はまた感心した。來大は身体能力が高い。初めての人類は何某(なにがし)か題を抱えてやってきたが、羽瑠には何も期待はなかった。相変わらず感情は動かない。

理性的な思考に感情が追いつくことも追い越すことも不可能だと、羽瑠は信じていた。善(よ)いことだと思っているわけではないが、悪いことだと思うこともない。

それが外部の要因によって滅ぼされることのない、二戸羽瑠の摂理だ。

理性の王国の王である羽瑠は、望んでも感情を得られない。

感情を呼び起こすのは外部要因、他者でしかなく、それを受け入れる時には滅びることを覚悟しなくてはならないだろうと知っていた。

松本市の豊かな土地をふんだんに活かしている開智学園の校舎は、天井も高いが廊下の幅も広い。

「えー、あそこの店員超ヤバくない？　どっちのヤバさかって話だよね！　ヤバイ方のヤバイだっつうの!!」

移動教室で音楽室に向かう途中、羽瑠は前方に耳慣れた由麻の声を聞いた。

その更に前方に二日前体育館二階回廊で由麻を目撃している長身の來大が、不躾なまでに呆然と彼女を見つめている。

「何見てんだよ！」

今時本業のヤクザも使わないかもしれない言葉を來大に投げて、由麻は自分のクラスメイトたちと歩いて行った。

「……すみません……」

もう聞こえていないだろう由麻の背に、それでも律儀に來大が謝る。

歩数的に羽瑠は來大に追いついてしまい、成り行き上体育館二階回廊の座敷童とは別人の由麻について肩を竦めることになった。

「なるほど……あそこにいる時、だけ、か」

「それは多分、口に出してはならない案件だよ。だから彼女は今怒った」

何見てんだよと後輩を怒鳴りつけて行った由麻は、二階回廊の自分を思い出して見ていることを怒ったのだろうと羽瑠には想像がつく。

体育館二階回廊にやってくるときだけ、由麻は由麻自身と向き合ってほとんどは黙っているので、沈黙の時には羽瑠は座敷童だと思って気にしないことにしていた。

「写真、頼もうかと思ったんだが……あれじゃない」

自然と羽瑠と一緒に音楽室に向かいながら、來大が失意を露わにする。

「写真撮るんだ?」

絵に描いたような女子高校生である由麻ではなく、二階回廊の座敷童の方を撮りたかったというのは理解しやすい上に興味深く、羽瑠は來大に尋ねた。

「写真部だ、俺。いつも持ち歩いてる」

大きな体に見合わない黒い小さなポーチから來大がカメラを取り出すのに、それがポーチではなくカメラケースだと羽瑠が知る。

「フィルムのカメラだ。珍しいね」

來大の大きな手の中だとかわいらしくさえ見えるアンティークなカメラを見て、できれば歩幅か歩数を減らしてくれないだろうかと心の底で羽瑠は願っていた。

「見ただけでわかるのか?」

「祖父が持ってた。モニターがなくて、ここはフィルムカバーだと教わったけど。合ってる?」

通常デジタルカメラにあるモニター部分の武骨なカバーを掌で示して、來大に尋ねる。

「合ってる。俺もじいちゃんからもらったんだ。一時期ちょっと流行ったんだけど、ちゃんと知ってるやつに会ったことなかった。フィルムも高いし現像も面倒だから、流行ったって言っても使い捨てが主流みたいで」

一瞬立ち止まった來大が、どうやら嬉しいのだと羽瑠は伝わった気がした。

それを彼は言葉にしなかったが、続いた言葉の落胆と感情的にちゃんと文脈が繋がっている。一言間に「嬉しい」と入れれば彼の言いたいことは上手く繋がるのだろうにと、俯瞰で羽瑠は聞いていた。

「現像も自分でしてるんだ？　そうか写真部……うち、写真部あるのか。ごめん知らなかった」

「知らなくて当たり前だ。俺が一学期の終わりに叩き起こした」

「誰を？」

「写真部と顧問。だから部員は俺一人だ」

どうやら抜ける言葉は一言どころではないが、羽瑠には不便ではない。

「部員がいなくなって休眠してたってことか」

「そう、顧問が眠りについていた。休部になる頃顧問になったと言っていたが、気配を消してた」

「気配は消えていたのか消していたのか」

「写真に興味はないようだ。名前だけの顧問で、俺が一人で部室を片付けて一人で使ってる」

カメラを仕舞い込みながら、ふと驚いたように來大は羽瑠を見た。

「おまえよく俺の言ってることわかるな。さすがだな、開校以来の秀才」

他人と会話をしているのに今訊き返しをほとんどされなかったことを、來大は不思議に思っている。

「そんなに偉業じゃない。君は大事なポイントはちゃんと話してる」

余計な言葉が足されないので、むしろ來大の話し方は羽瑠には心地よかった。

「言葉が足りないとよく言われるんだが、そんなに簡単に理解されると言葉が増えなくてもいい気がしてくる」

「言葉は増やした方がいいよ、きっと。その足りないという人々のために」

「そうか。それはそうだな、そっちの方が圧倒的に多い。こんなにスムーズに会話できたのは……」

また立ち止まって、來大がじっと羽瑠を見る。

できたのはの先は、もしかしなくても「いまだかつていなかった」なのだろうが、さすがに來大も声にはしない。

「またな」

同じ音楽室に向かっているのに、当たり前のようにそう言って來大は自分の速度で歩いて行った。

あっという間に広い背中が遠くなる。

「なるほど。歩幅も歩数も合わせないときたか」

その來大の振る舞いには不意を突かれて、滑らかな羽瑠の眉間に深い皺が寄った。

「……ん？」

ほとんど感じたことのない波立ちが、羽瑠の胸を通り過ぎていく。

それは苛立ちといって自分が常々求めてきた人間の感情の一端であることを、このとき羽瑠はまだわかっていなかった。

何しろ感じたことが一度もなかったので。


また来ていいかと言った二日後、音楽室には同行しなかったその日の放課後に、來大は体育館二階回廊を訪れた。

「『エチカ』は、やっぱり俺にはまだ無理だ」

座って「エチカ」を読んでいた羽瑠の左隣に腰を降ろして、來大がため息を吐く。

「読んでみたんだ？」

「何かいいことが書いてあるような気がして図書室で一時間読んだが、三行ごとに知らない言葉が出てきて辞書を引いていたらさっぱりわからなくなった。何か俺にもわかるようなものを薦めてくれ」

三行ごとに辞書を引いたというのは随分真剣に「エチカ」と向き合ったのだとわかって、この今まで背が高いということ以外何も知らなかった北上來大に羽瑠は何度目かの感心を覚えた。

「僕も『エチカ』は理解できてないよ。だから何度も読んでる。もう少しわかりやすいのは、『コヘレトの言葉』かな」

「『エチカ』みたいなやつか？」

「近しい。『旧約聖書』の中の言葉だ」

「近いのか。俺には難しいんじゃないか。どんなだ」

どんなだと問いかける來大は、興味以外の何物をも見せない。

それで羽瑠には充分に足りた。

「『あなたの若い日に、あなたの造り主を覚えよ。悪しき日がきたり、年が寄って、「わたしにはなんの楽しみもない」と言うようにならない前に』」

「コヘレトの言葉」を、羽瑠が諳んじる。

聴いて、長く來大は黙っていた。

「俺の造り主は俺だ。『エチカ』はほとんどわからなかったが、それはわかりやすい。もやもやした考えが整理された」

整理されていくことをゆっくりと呑み込むように、來大は高窓の光を見上げている。

その言葉は自分も言ったことがあったと、不意に、三年前の中等科体育館二階回廊を羽瑠は思い出した。

――好きというよりは、漫然と自分が抱えている感情がきれいに明文化されていて思考の整理に役立ちます。コヘレトそのものを語れる語彙(ごい)は、僕の中にはまだ存在しません。

コヘレトが好きかと尋ねた中等科一年の担任教師に、そう答えた。

「おまえ、俺たちのこと馬鹿にしてたんじゃないのか?」

突然、攻撃的な様子もなく不思議そうに來大が羽瑠に尋ねる。

人類が、二戸(にと)羽瑠に見下(みくだ)されていると思い込んでいることは羽瑠もよくわかっていた。間違いなくかつて同級生を愚かだと思っていたので。

「昔はしてた。今はしてない」

「なんで今はしてない。馬鹿みたいだろう」

「他人を馬鹿にしていいことは一つもないし、一人一人話すと等しくはないが同じ人間だとわかる。あまり話す機会はないけど」

今は來大と話していて、やはり話してみないと相手が人間で自分とは違うということがちゃんとわからないと、羽瑠は実感していた。

「君は、人類代表で僕に歩み寄ったわけじゃないよね?」

ただ、北上來大がここにいる事情は自分と対話するためではないと、羽瑠は知っている。

「……そうだ」

知られていると思わなかったのか、來大は目を見開いた。

「知っていたのか。椅子がなくなったのは俺の責任だ。なくなった日に謝ろうと思って、教室から後を追ってここまできたが切り出せなかった」

椅子がなくなったあの日、放課後來大が現れた時にそうだろうと羽瑠は思った。単に当日だったということと、担任教師の椅子に座って教室を見渡した時に、もともと愛想のない顔をしている來大がとてつもなく険しい表情をしていてさすがに印象に残った。

「椅子のこと、悪かった。俺のせいだ」

「謝罪は受け入れるけど、ちゃんと話を聴きたい」

それは二日前にはなかった、羽瑠の來大への興味だった。

当日彼がここに来たときは、迂闊(うかつ)な主犯なのだろうと思った。だがどうやら誠実である彼を知ると、責任は來大にあるにしても本意ではないと想像できる。

來大自身がそういう態度だ。

「話せる範囲が少ない」

「頑張って話してくれ。何しろ僕は椅子が新しくなった」

古い椅子を失ったという言い方もできたが、羽瑠は新しい椅子に不満はない。

じっと、來大は羽瑠を見ていた。長いこと見た。

「開智を辞めて、公立に転校しないといけない」

切り出された言葉が、自分を見ていたことからは離れたように羽瑠には感じられる。

「何故」

ただ、言い方で転校が來大の望みではないとわかって、羽瑠は語られたことの理由を問うた。

どんな語り出しだろうと、椅子に繋がることは疑っていない。

「俺は中学からスポーツ特待で開智に入った。学費なしに親がつられて。中学の時は俺も特に不満なくバスケをやってた。ミニバスで長野県で準優勝して、開智にスカウトされたんだ」

「バスケは似合いそうだ」

「体格には確かに合ってた。だが三年の時部活時間が減って、暇だったんで勉強したら今まで授業中眠かったことに腹が立った。朝練が早くてな」

「それで高等科で進学クラスにいるってことは、一年間相当集中したんだ。すごいな」

一年でそこまで集中したなら、三年間で來大はどうとでもなれるだろうと羽瑠がまた感心する。

「勉強と、写真がやりたくて。高等科でも一学期の途中まではバスケ部にいたんだが、練習時間のことで先輩と揉めてやめた。当然特待生制度は解除されて。開智は学費が高い」

「うち、学力の方の奨学金制度もあるけど、返済なしの」

「知ってる。二年に進級する時に受けたいんだが、親は一年も高い学費を払う気がないそうだ。公立で充分だろうと言われて、それもわかるんだが」

大きなため息を吐いて、來大は体育館の丸い天井に埃を散らす乳白色の光を見上げた。

「俺はこの学校が好きだ。校舎も好きだし、勉強に集中したら学科も講師もいいと気づいた。辞めたくない」

「それで」

常に学年トップで学費免除を受けている自分に当たったという話かと言い掛けて、來大自身の言葉で語られるのを待つ。

うっかり自分で結論付けそうになったのは、学費に纏わる込み入った話をこれ以上聞けないという羽瑠としては当然の真理があった。

「それで、おまえに八つ当たりの感情が湧いた。おまえは関係ないのに本当に悪かった。時々感情がコントロールできなくなる。どんな感情かわからないが、制御できない」

「だいたい理由は納得したけど、椅子が消えたこととうまく繋がらない」

どんなに理不尽でも八つ当たりの感情が人間を制御不能にさせるのは、知識として羽瑠も知っていた。羽瑠には想像がつかない感情だったが。

ただ、少なくとも來大は椅子については実行犯ではない。

そして來大のことはほとんど知らないが、それでも羽瑠には今説明された「八つ当たり」を彼の言う感情だと納得できてはいなかった。

「説明が難しい」

「がんばれ」

妬（ねた）んで八つ当たりしたということが、隣にいる來大に似合わない。

「わかった」

状況を表す言葉を探して、來大がこの上なく険しい顔をした。

「おまえが中等科からずっと全学科トップなのは、同じクラスになって知った。家も裕福らしいとその日聞いて……合ってるか？　この情報」

「とりあえず開智の学費には困らない家だ。なのに学費免除で、だいたいの同級生にとっていけ好かないのはわかる」

「共感してくれなくていい」

謝罪が目的の來大はそんなことは望んでいないと、大きな右手を振る。

「共感じゃなくて、理解だ。そう思うだろうという想像だよ」

「……おまえは頭がいいな。だがその通りだ。いけ好かなくて……」

呟いてから、來大は長いため息を吐いた。

言葉が足りなくともわかりやすかった写真部についての会話と違って、どうにも椅子の話は回りくどく辻褄（つじつま）が合わない。

「前日の放課後おまえが帰った後に椅子に触った。無意識だったが椅子の背を握りしめて持ち上げた、らしい」

「らしい？」

來大の遠回りが過ぎるので、羽瑠は椅子についての事実は推測できなかった。

「俺は体がでかいから、ちょっと持ち上げても目立ったんだろう。何人かにいきなり取り押さえられた。落ちつけと言われて、落ちついたら椅子が教室からなくなっていた。終わりだ」

そういうことだったと、來大が頭を下げる。

「何か抜けてない？」

來大を落ちつかせた勢いで椅子を持ち出した四人は、元の椅子を持ち帰れなかった。ということは、羽瑠の椅子はその四人の手で廃棄か破壊されたはずだ。

問いかけに來大は黙り込んでいる。

何か二戸羽瑠に害をなしてしてやったようなことを恐らくは四人に言われて、來大がそれを言わないつもりだと羽瑠には想像がついた。

「庇い立てする必要はないと思うけど」

「元はと言えば、おまえの椅子に無断で触った俺が悪い」

「君のその誠実さに対して敬意を払いながら僕は警告もする。それは誠実だが、正直じゃない。正直じゃないと何が起こるか。冤罪だ。今、実際君は冤罪を受けているのに気づいてもいない。

気をつけた方がいいよ」

　冤罪という言葉を聞いて、ゆっくりと話を整理するために來大は黙り込んだ。

「だが……俺の造り主の俺は、罪人になった。椅子がなくなる原因を創った」

「コヘレトの言葉」を、來大はきちんと理解している。

「罪悪感と、罪科（ざいか）は分けて考えないと君は大人になって牢獄に入る可能性があるから分ける習慣をつけて。君は僕に悪意を持ったかもしれない。だが君がしたことは椅子を少し持ち上げただけで、それは罪じゃない。椅子を捨てたり壊したりした?」

「してない。……そうか、危ないな。下手すると刑務所だ」

「そうだ。とても危ないよ」

「大事なことを覚えた。お陰（かげ）で俺は今後冤罪で刑務所には入らないだろう。ありがとう、二戸」

　初めて人類は、羽瑠に呼びかけた。

「二戸でいいのか?」

　名前を呼んだことは來大にとって、何か意図的なことのようだった。

「いいよ、二戸でも羽瑠でも」

　謝罪の時間は終わって、名前を呼ぶというのは個人的な時間の始まりを意味しているようだ。

「正直、羽瑠って二戸っぽいようなそうでもないような」

「ああ、わかるよ」

人が聞いたらおかしな会話かもしれないが、不思議に來大の言っていることは羽瑠には理解しやすかった。

「いわゆるキラキラネームに近い。親には親の理由があったようだけど、僕も迷惑はしている。瑠は瑠璃の瑠だそうだから、近いどころか綺羅綺羅ネームだ」

「ただ、見た目には合ってる。だが二戸の印象とは合ってない」

個人として名前を呼び始めるのに、來大は呼び方に深く悩んでいる。

「君が合っていると思う方で呼んだらいいよ」

「……羽瑠。……二戸。……羽瑠」

右隣の羽瑠をじっと見て、口の中で來大はどちらがしっくりくるか試していた。

「ハル」

羽根のように軽く、けれど羽の文字の気配をなくして來大が羽瑠を呼ぶ。

「勝手に開いたね」

「どうしてわかった」

「なんとなくだ。ライタ」

漢字を開かれたので、お返しに羽瑠も來大の名前を開いた。

「俺の名前も少しキラキラだ。来る、と名前に入れたかったそうだが」

「珍しい方の字を使ってる」

二日前に改めてホームルームのサイトを見て、羽瑠は來大のフルネームを確認していた。

「意味はないらしい。なんとなくかっこいいと思ったそうだから、俺は親とはあまり気が合わない」

「じゃあライタで。君に倣(なら)って僕も漢字を開く」

「習った?」

「模倣した。君に教わってない。勝手に真似た」

字が違うと、羽瑠が人差し指で書いて見せる。

「おまえも俺も」

初めて來大が、気の抜けたような笑顔を見せた。

「変なやつだな」

冤罪の謝罪に来ていた來大から緊張が消えたと、羽瑠が知る。

「僕は人をまとめて語ることにはとても抵抗感がある」

「すまん」

「でも今のまとめ方は気に入ったよ」

抵抗のあること、けれど今は別だと思ったことを、羽瑠は丁寧に分けて來大に伝えた。

「おまえは冷静だ。羨ましい」

感心したように、來大が苦笑する。

冷静だとは、羽瑠には自覚があった。攻撃には対処するが、そのとき羽瑠はいつも怒っていない。やるべきだと思うことをしているだけで、感情はない。

感情が爆発する前に、理性で考えがまとまってしまう。相手が悪いと思っても、そこに自分の感情を挟むことで事態は悪化すると想像するし、悪化させる価値を認められない。

そうして感情の発露の前に考えがまとまると、誰も憎まないし、誰も愛せない。

「ライタも随分冷静に見えるけど」

「俺は駄目だ。衝動を抑えられずに、ハルの椅子に触った。そういうことはたまにある。自分を制御できない」

「それを自覚してるだけで、高校一年生としては充分じゃないのか？」

「充分なら椅子はなくならない。大事だ。だけどお陰でハルと話せた」

微笑（ほほえ）んで來大は、存在感の薄いトートバッグから黒いポーチを取り出した。

「写真、撮っていいか？」

カメラは出さずに、先に來大が羽瑠に尋ねる。

少し、羽瑠は考えた。

「いいよ」

頷くと來大は立ち上がって、距離を取ってファインダーを覗き込んだ。

「絵になり過ぎる。逆光なのも出来過ぎてる」

高窓と光と、英国風の制服と羽瑠をファインダー越しに見つめて、それを是とは思わない口調であからさまに來大が落胆する。

「撮ると言ってそれはないいんじゃないか」

「あらかじめ完成している絵みたいで、ハルの写真は仕上がりの想像がついてしまう。あの浮き沈みの激しい先輩を撮りたかった。今日は来ないのか？」

悪びれず來大は、正直に羽瑠には被写体として興味がわかないことを打ち明けた。

「あの人がいつ来るのか僕は知らないよ」

「そうか。今度来たら撮っていいか訊こう」

由麻（ゆま）のことを話しながら、それでも集中して來大は三回、シャッターを押した。

「僕を撮る気がなくなったのかと思った」

「これは今日の記念写真だ」

なんの記念かを、來大は飛ばして語る。

けれどそれは羽瑠も尋ねず、想像に留める方が今は楽しかった。

「ここに来ている時の彼女に写真を撮らせてほしいなんて言ったら、どんな目に遭（あ）わされるかわからないよ。その時は悪いが僕は逃げる」

「そんなか？　先輩」

「彼女のすることは僕の想像の範囲を出る」

「そういうところが、撮りたくなるところだな。フィルムを使う理由と同じだ」

被写体として、來大はますます由麻に興味を持った。

「その理由は是非とも聴きたいね」

ここにいる時の由麻が、日常的な女子高生の由麻より魅力的なのはわかりやすかったが、非効率的なフィルムを使う理由と結びつくわけを羽瑠は聴いてみたかった。

「俺にとってデータとフィルムの一番大きな違いは、現像するまでどんな写真になるのかわからないところだ」

「なるほど、彼女を撮りたい理由と嚙み合ってる。確かに僕はフィルムであろうと意外性のない写真になるだろうよ」

自分がどんな姿をしているのか恐らく羽瑠は正確に認知していて、「つまらなくて悪かったな」と顔を顰める。

顔を顰めると、今まで使わなかった顔の皮膚が動くのがわかった。

未使用の皮膚をここのところ二度動かしたのは、カメラを持っている來大だ。

「人間しか撮らないの?」

「人間を撮りたいが、撮りたい人間には断られることが多い」

「とてもよくわかるよ。選び方の傾向だな」

「自然光の下でも撮りたい。外に出ないか?」

学校中の音が籠って逆に無音の密室のような二階回廊から、來大は外に羽瑠を誘う。

「画期的な出来事だ。……出よう」

中等科一年生の時から羽瑠は好んでこの場所で本を読み続けたが、帰宅前にここを出ようと思ったことはなかった。

「何が画期的なんだ?」

「説明は難しいな」

連れ立って、回廊を降りるために二人で遠い階段に歩く。

「さっき俺にがんばれと言っただろう」

「あの話は君が自分の責任だと言うのでがんばってもらった。この回廊から日が高いうちに外に出るのが画期的なのは、僕の個人的なことだ」

「出ないのか、普段。いいのか?」

外に出て、が抜けたが來大が立ち止まったので、習慣に意味があると案じたことが羽瑠に伝わった。

「理由があって夜までここにいるわけじゃない。ただ好きなだけだ」

「ならいいが。……本当にきれいな校舎だが、ここは確かに特別だな。俺も好きになった」

言葉のまま、來大が回廊を振り返る。

一階、体育館に降りて渡り廊下に行こうとすると、外を走っていたバスケ部の集団が戻ってきた。

「まだ学校辞めないのか！　北上」

上級生から唐突に声が飛んで、來大が立ち止まったので來大に向けられた罵倒だとわかる。

羽瑠が振り返ると、もうバスケ部は体育館の中に収まって誰が言ったのか判断できなかった。

バスケ部の気配が遠くに消えるまで、羽瑠と來大は黙って体育館を離れた。

「バスケ部の辞め方が悪かった。仕方ない」

渡り廊下を歩きながら、來大が短く話を終わらせようとする。

「またライタの責任なのか」

「こっちは冤罪じゃない。特待生制度で開智に入ったのに、バスケより勉強がしたいと口に出したんだ。自分が写真のために授業を優先したいのに、練習時間の配分がおかしいと言った。卑怯だったよ」

長く説明されると、確かにそれは來大の失敗だったとも思えた。

「授業は写真と関わってるんだ？」

勉強が写真のためだとは初めて聞いたことで、結びつく訳を羽瑠が尋ねる。

「構造がわからないものは撮り方がわからない。こう、平面に撮れてしまうような気がする」

言葉足らずに來大が説明するのに、彼の写真は見たことがないが彼が芸術家だと羽瑠は知った。

作品は知らないが、気質が芸術家だ。作品の良し悪しと、芸術家かどうかは別だ。來大は芸術家に生まれついている。

「生きているものも、静物も……たとえば信号機なんかも。中がどうなってるのかわかってそうやって見ながら撮ると、写真になる気がする。技術的なことはまだまだ撮りながらだ。撮って、現像して、違うと思って、見た風景や人と同じに近づけようとして」

芸術を羽瑠は好んだけれど、芸術家がとても厄介だということはあらゆる書物から学んでいた。厄介ではないと書いてある本は、もしかしたら世界に一冊も存在しない可能性がある。

「近づくほど遠ざかる。不思議だ」

昇降口で靴を履き替えて、色を変え始めた空を見上げて來大は言った。

「記憶が干渉してるのかもしれないな」

「写真にか？」

「覚えたと信じたものがもしかしたら写真に写っていても、現像する頃には記憶の方が変わってることもあるのかもしれないと今思った」

來大が西の空を見た目線の高さに、見えている世界が違えば記憶も変わると羽瑠は思って、時間が経てばなおのことと連想した。

「だとしたら永遠に近づけないな」

「だとしたらの話だよ。記憶のことは、僕の思いつきだ」

思いつきなのにその言葉は來大の心に嵌(は)まったようで、歩きながら長い沈黙が続く。

沈黙は羽瑠にとって慣れている静寂だ。

世界中の書物に芸術家は途方もなく厄介だと書いてあって、どうやら來大が芸術家であることには間違いがない。

「おとなしい芸術家だ」

こういうこともあるのかと、羽瑠はおとなしい芸術家が隣にいるのが気に入った。

羽瑠は本の中でしか芸術家に出会ったことがないので、本物の芸術家を舐めていたがこの時はまだ気づきようがない。

「あ」

正門から出ようとして、聞き覚えのある声が羽瑠の耳に届く。

振り返ると、高等科の教務員室から出てきた中等科一年の時の担任と、その同僚が立っていた。

「こんにちは、神鳥谷(ひととのや)先生。佐原(さはら)先生」

立ち止まって緊張を見せている神鳥谷等(ひとし)は主に開智学園中等科の社会の教師で、羽瑠の元担任だった。隣にいる佐原苫人(とまと)は同じく主に中等科の理科の教師で、専門分野の授業で中等科と高等科は教師を共有している。

コヘレトが好きかと以前羽瑠に訊いた、違う翻訳の「コヘレトの言葉」を持っていたのは神鳥谷だった。

「神鳥谷先生」

神鳥谷と佐原が「こんにちは」を返す前に、写真への記憶の干渉の中に入り込んでいた來大が現実に気づいて声を上げる。

「こんにちは、神鳥谷先生。佐原先生。……写真部の顧問の先生だ、神鳥谷先生」

「え」

眠りについていたと今日教えられた顧問が中等科の元担任だと教えられて、普段あまり驚かない羽瑠が短い声を漏らした。

「こんにちは、二戸(にと)くん北上(きたがみ)くん。……そうなんだよ、休部になった関係で、本体の写真指導ができる外部の先生から、名義だけ引き継いでね。全く役に立っていなくて申し訳ない」

「しょうがないだろ、何もわかんないのに押し付けられたんだから。……どうもこんにちは」

心から申し訳ないと思っている様子で神鳥谷が頭を下げるのに、神鳥谷と親しいだけでなく開智学園ではパートナーだと認知されている佐原が、羽瑠と來大に雑に挨拶(あいさつ)をして肩を竦(すく)めた。

「だいたいのことは自分でやるので問題ないです。必要な時だけ、書類のこととかも……もし気が向いたらでいいんで。自分でやれることは自分でやります」

幽霊顧問に不満はないのか、随分と持って回った控え目な言い方をして、來大が頭を下げる。まだ來大を知って浅いのに、意味の取りにくい長文がとても來大らしくないと羽瑠には思えた。だがもちろん理由などさっぱりわからない。

「不甲斐なくて申し訳ない。もしかして、二戸くんも、写真部に？」

そうであってほしいような、全く望んでいないような、両極の感情が綯い交ぜになった目をして神鳥谷は羽瑠を見た。

神鳥谷は中等科の頃、羽瑠を見るといつもこうして怯えた目をした。そんなに不安になるのならいっそ何かしてやった方が親切なのではないかと思うほどに、今も怯えている。

「神鳥谷先生」

自分に怯える大人は羽瑠には珍しくないが、けれど神鳥谷は他の大人とは不安の方向性が何か全く違う気はしていて、安心させてやりたいという思いやる気持ちが湧いた。

「僕は何もしませんよ」

「…………っ！」

目を見開いて余計に怯えて倒れそうになった神鳥谷を、同じく震えながらも佐原がなんとか支えている。

「安心してください」

「わかり、ました。二戸くん」

「二戸。何も、俺たちは心配してない。二戸の優秀さを心から信じてるから！」

ようよう答えた神鳥谷に、何一つ信じている様子のない佐原が言い添えた。

「二戸くん。それでももし、何か」

なんとか息を吐いて、神鳥谷が「何か」で言葉を止める。

「何かあったら、その時は相談してください。君は一人で足りていると思ってしまうかもしれないけれど」

僅かに、神鳥谷は微笑(ほほえ)んだ。

そして返事のない羽瑠に、もう一度小さな息を吐く。

神鳥谷と佐原は、道路の向こうの中等科校舎によろよろと歩いて行った。

「思いやる気持ちが仇(あだ)になった。……まだ人類との関わり方がわからない」

自分が余計なことを言ったのはわかって、言葉の選び方の難しさに羽瑠がため息を吐く。

「でも彼は僕と関わろうとしている」

神鳥谷の自分への怯えが他の大人とは違うことに、いつからか羽瑠は気づいていた。

「いつも思うんだが」

そんなやり取りなど知ったことではない様子の來大は、違うことに囚われている。

「神鳥谷先生と佐原先生はパートナーだと……この話公(おおやけ)の話か？」

神鳥谷と佐原の後ろ姿を見送りながらぼんやりと呟いて、ハッとして來大は羽瑠を見た。

「みんなが知ってる話ではあるかな、開智では」

話していい話と話してはならない話がはっきりしている來大の問いに、そこは羽瑠も微妙な線引きになる。

「あの二人を見てると、パートナーってなんだかわからなくなる」

「ライタ」

「悪いこと言ったか、俺」

大きな体で飛び上がりそうに怯えた來大に、デリケートなことに慎重で在りながら何故今話題にしたのだろうと羽瑠は不思議に思った。

「いや。僕は君の目を確かだとは思うけど」

「すまん。初めて口に出した。ハルに言ってみたくなった。こういうところだな、俺。制御できない」

神鳥谷と佐原の間にある不可思議さを尋ねる相手に選ばれたのだと知って、それを羽瑠は内心誇らしくは思ったが言葉にはしない。

來大自身が怯えている通り、他人の事情が関わる問題だ。

「ライタが撮った写真見せてくれないか？　見たい」

「それは嬉しい。明日、持ってくる。行っていいか？　隣」

体育館二階回廊のことを、來大は言った。

「もう訊く必要はないよ」

この人類は悪くない。羽瑠は來大が気に入った。

「いつまでハルのクラスメイトでいられるかな。開智に未練が増えた」

二学期いっぱいも怪しいと、奥は森のようになっている校庭を來大がゆっくり歩く。

「学費のことは自分で考えても仕方ない。どうにもならない」

つまらない愚痴を聴かせたと、來大は話を切った。

「相談にくらいしか乗れないけど、相談には乗るよ」

せっかく気に入った來大が他校生になるのは羽瑠にも残念で、奨学制度のことを調べ直してみようと考える。

「おまえすごいこと言うな、ハル」

立ち止まって、畏怖を覗かせて來大は羽瑠を見た。

「だって、お金は持ってない」

「そうじゃなくて、相談にくらいしか乗れないって。すごい言葉だ」

秋の終わり、楡の木から木漏れ日が差す夕暮れの校庭は、英国のようでもイートン校のようでもなく、ただ美しい。

この時まだ理性の王国に住んでいた二戸羽瑠は、人類を理解していなかった。

理性の王国の王なので、結構全く來大の言葉を理解できていなかったのであった。

文化祭が近づく十月の末には、羽瑠は放課後、特に約束もなく來大と連れだって渡り廊下を歩くようになった。

二人でいるようになってそろそろひと月になるが、今のところ二人でいる時にバスケ部に絡まれたことはない。

だが今日は、久しぶりに座敷童が、体育館二階回廊にうずくまっていた。

「写真を撮らせてくださいともし言うなら、僕は席を外すので予告してくれ」

まだ咀嚼が終わらない「エチカ」を取り出して窓の下に座りながら、左隣の來大がカメラポーチに触ったのがわかって羽瑠が警告する。

「そうだった。俺はこれが気に入ったから読む」

今日すぐに被写体になってほしいと由麻に頼むのはあきらめて、來大は鞄から「コヘレトの言葉」を出した。

羽瑠と來大はひと月近くこうしてここに共にいるが、ほとんどの時間それぞれが別々のことをしている。本を読んだり、レポートの資料を見たり。

約束した翌日、來大は確認をとって撮影したという人物の写真をコラージュしたノートを見せてくれた。

デジタルでは見ることのない褪せた色がきれいで、來大が撮った人物は誰も表情が見えなかった。わざわざ断って撮影しているのに、ギリギリのところでどの人物も瞳が写っていなくて、それが想像力を掻き立てた。

來大は気質が芸術家なだけでなく、作品がそれを表していると羽瑠は評価した。

「あ、この間のハルの写真現像した。部室で」

相変わらず一人で使っているという写真部部室で自分で現像した写真を、コラージュではなく封筒から來大が取り出す。

「あの時のフィルム使い切ったんだ？　ありがとう。……これは」

渡された写真は、來大が見せてくれた他の作品と全く違いまなざしがはっきりと写っていて、ポートレートかなんなら額装されたブロマイドのようだった。

「イギリスの昔の小説の挿絵にありそうな写真を撮ってしまった」

來大自身の言葉が、この写真は作品ではないと語っている。

「残念なことをしたみたいに言うなよ」

「ハルは、想像の余地がないんだ」

「被写体として不十分なのはよくわかった」

　真顔の來大に、おかしかったが腹も立って羽瑠の声がらしくなく尖（とが）った。

　尖った自分の声を、とても不思議な気持ちで聴く。

　制御できないと、來大は自分の感情について何度か言葉にした。それは羽瑠には知識として知っていても自分からは遠い出来事だと、そう思って聴いていた。

「……声を尖らせるつもりなんかなかった」

「気にしてないよ」

「それは僕の台詞（セリフ）だろう」

「フィルムは高いんだ。ポートレートを撮るならデジカメを使う」

「いつまでも僕の写真の出来にがっかりしないでくれないか」

　尖らせるどころか荒らげそうになって、けれどまだ羽瑠にとって來大とのやり取りはただ愉快なものでしかない。

「カメラ、どんなの使ってるんだ？」

「じいちゃんの形見だから古い。ニコンの一眼（いちがん）レフ、全部マニュアルだ。絞りもシャッタースピードも自分で合わせる」

　尋ねた羽瑠に嬉しそうに、來大はカメラを取り出して見せた。

「最初の頃は、ただ光みたいな写真やただ闇みたいな写真になったりした。人の輪郭（りんかく）が辿れるようになるのに時間が掛かった」

「やり方、検索しなかったの」

「したけど、頭に入ってこなかった。不思議だな。この本に書いてることは俺には入ってきやすい。もっと難しい言葉で書いてあるのに」

肩を竦めて、來大はカメラを丁寧にしまうと「コヘレトの言葉」を開いた。

「『王の前から慌てて立ち去るな。悪事に関わるな。王は全てを思いどおりにするのだから。王の言葉には権威がある』」

栞が挟まっていたところを來大が音読する。

「そこは僕の翻訳は随分違う。『王の命を守れ。すでに神をさして誓ったことゆえ、驚くな。事が悪い時は、王の前を去れ、ためらうな。彼はすべてその好むところをなすからである』」

「意味も逆じゃないか」

「同じなんだと思うよ。逆説的に、間違いをしたらそれはもう王じゃないと言ってるんじゃないかな。その翻訳は僕は少し不親切だと思ってる。神鳥谷先生がライタと同じ訳文を読んでた」

中等科の体育館二階回廊を思い出して、その手ぬるい翻訳は元担任教師と同じだと羽瑠は思い出した。

「神鳥谷……うちの顧問の」

「相変わらず幽霊顧問か」

「幽霊でいい。干渉されない方が助かる」

たいしたことを言っているわけではないのに、來大の表情が何故か暗く曇って言葉が変に重くなる。

不自然に來大が伸ばしている右足の足首に、包帯ネットがあることに羽瑠は気づいた。

「足、どうしたの」

「捻挫だ。動揺して転びそうになって、そのまま転べばよかった気がするんだが咄嗟に変に踏ん張ったらねじれた。湿布しておとなしくしてるしかない。捻挫は」

自分の体のことを、どうしてその負荷がかかったのか、結果どうするのが最善なのか來大がわかりやすく語る。

「ライタは」

野生動物のように聡明だと羽瑠は思ったが、口に出して思ったまま伝わるかどうかは自信がなかった。

「なんだ？」

「賢いよ。二年からの奨学制度なら充分間に合う」

「勉強は間に合わせるようにできるが」

そのために努力もしているけれど、どうにもならない今年度の学費を思って來大がため息を吐く。

「ありのままを言うと、うちは学費が出せないわけじゃない。俺が写真をやりたいから勉強したいと言ってしまったので、両親はそれをよく思っていない」

「……芸術家は他人であれと思うのは、僕にもわかるけど。來大は現代的な芸術家だと僕は思うけどね」

「どこら辺が現代的なんだ？　親を説得するときに役に立つかもしれないから話してくれ」

芸術家だと言われて來大が謙遜する気がないのは、他人からの評価への興味のなさに羽瑠には思えた。

「芸術家というのはエキセントリックで迷惑な者と相場が決まっているけれど、最近では社会性も求められていると僕は思う。歌がよければ酒に溺れてドラッグをやっていてもかまわないとか、それで声が出なくなるなんてのは二十世紀の話だ」

「音楽のことはよく知らない。ハルは好きなのか？」

「僕の知識は文字で読んだ知識だよ。サム・スミス知ってる？」

部屋でたまに聴くことのあるアーティストの名前を口にしたが、好きだとは羽瑠は教えなかった。

「知ってる。声がきれいで、確かカミングアウトした」

「そうだったね。サム・スミスは、喉の不調で二〇一五年にワールド・ツアーを中止してる。次のツアーではワンステージで決まった時間以上は歌わなかったそうだよ」

「制御が効いてる」

「それが言いたかった」

よく「制御が効かない」と來大は言うが、羽瑠にはそうは見えなかった。

長く、來大は考え込んでいた。そして「コヘレトの言葉」の別の頁を捲った。

『確かに、何が起こるかを誰が人に告げることができるだろう』」

「そういうところだよ。今その言葉を選ぶライタは、制御ができる芸術家なんじゃないか？」

「俺にはそうは思えない」

まだ羽瑠も來大を知ったとは言えないので、その先は内省に任せる。

「僕は『コヘレトの言葉』は確かに薦めたけど、神鳥谷先生と同じ翻訳は薦めない。あの人には合ってる気がするけど」

「ハルが持ってる訳文より、やわらかいな。神鳥谷先生に合ってる、か。俺はあの人のことは、部室棟の鍵を貰ったり書類をもらったりしただけでほとんどわからないんだが」

何故なのか來大は、神鳥谷の話題でまた声を重くした。

「ハル、相談がある」

思い切った声で來大が不意に羽瑠を見た刹那、座敷童が立ち上がった。

「あんた神鳥谷の敵なの⁉　味方なの⁉」

ツカツカと羽瑠に歩み寄った由麻が神鳥谷の名前を出したのは、話が聞こえていたからだろう。

「敵でも味方でもありません。中等科の時の担任教師です」

それ以上でもそれ以下でもないと、つき合って立ち上がってはやらずに羽瑠は由麻を見上げた。

「今日はいくわよ、あたし」

「なんなんだ、これ。なんかの儀式か」

困惑して來大が、隣から身動きがとれずに羽瑠に問う。

「榎本(えのもと)先輩は、時々論破されにくる。僕に」

「議論してるのか、先輩と」

そのためにいつも斜め向かい三メートル先にうずくまって顔を上げたり下げたりしているのかと、來大は更に困惑を深めた。

「そうだね」

「議論なんかしてないわ。何故他人の権利をそんなに踏み躙(にじ)って平気なのですか？　ってあたしに訊いたのよ中等科の時！　二戸(にと)羽瑠!!」

首を振って羽瑠の方では濁したのに、仁王立ちの由麻は中等科二年生の時目の前の後輩に言われた言葉を一言一句違(たが)わずに諳(そら)んじる。

「俺、ここにいていいのか？」

「一応、みんなが知ってる話の話ではある。公の話かどうかは僕には判断できないけど」

「あんたの小難しい言葉はいいのよ！　あたしに合わせなさいよ!!　あたし、踏んでない」

「横暴ですね、榎本先輩は」

三年も経ったのに相手の都合を考えない由麻の姿勢には、羽瑠は全く感心できなかった。

「佐原だって悪くない？　そんなに嫌ならはっきり言えばよくない？」

「あ」

由麻が佐原の名前を出したのに、來大がどの「みんなが知ってる話」なのか思い当たって声を漏らすのが羽瑠にも聞こえる。

榎本由麻は中等科二年の時に、担任の佐原苫人と噂になった。それは羽瑠が想像するに由麻が一方的に佐原を想ってのことで、けれど松本市内での目撃情報も語られる中、最後は佐原は神鳥谷等のパートナーであったということで一応の決着がついた。

「佐原先生は嫌だと言わなかったんですか？」

「だってあたしの呼び出しに応えたよ」

呼び出しに応えた佐原と由麻が目撃され、佐原は教師として追い込まれた。

だから同僚で友人でもある神鳥谷が最悪の事態から佐原を救うために虚偽の申告をしたのだろうと、羽瑠は推測している。

「すみませんが、僕の質問の答えになっていません。佐原先生はあなたのつきまといを肯定していましたか。受け入れていたんですか？」

「嫌だって言ってないんじゃない？　佐原」

「記憶を書き換えている可能性を強く感じます。既に前回の発言との矛盾が生じています」

「前回の発言なんか覚えてないわよ！」

「矛盾していないではなく、覚えていないという正直さは評価します。僕は榎本先輩に挑まれた直後にいつも記録をつけています。ノートにボールペンで書いているのでデータ改竄もできません。前回の発言を読み上げます」

「裁判所か、ここは」

学校指定の鞄から羽瑠が「榎本由麻氏議事録」と書かれたノートを取り出すのに、來大は呆然と呟いた。

「ひと月前、九月二十日榎本先輩はここでおっしゃいました。『嫌だって言ったかもしれないけど、好きでも嫌だって言うやついるじゃん』。完全に今日の発言内容と反しています。それに僕が主張しているあなたが踏みつけた他者の権利は、あなたが他者のセクシュアリティを同意なく流布した点です」

「佐原と神鳥谷はできてない。あたしに嘘吐いた」

「嘘を吐かせたのがあなただとまでは、僕には決められません。そのことについても僕は非難を感じていますが、言及はしません。問題は一つに絞っています。佐原先生と神鳥谷先生の同意なく、彼等のセクシュアリティをあなたが流布したことを僕は非難しています。三年前から」

唇を噛み締めて、由麻が立ち尽くす。

「あたしだって傷ついた！」

「あなたが傷ついたことは、他人の権利を踏んでいい理由にはなりません」

「傷つけられたんだから！　だから佐原は嫌だって言えばよかったんじゃんって言ったんだよ!!」

「なるほど。そこには一理を感じます」

意味不明だった今日の冒頭陳述を理解して、羽瑠は議事録に記録した。

「あんたに一理を感じられたくなんかないわ！」

啖呵(たんか)を切って由麻が、二階回廊から降りる階段に走っていく。

「……三年間、これやってんのか？」

「僕はやってない。榎本先輩がやってることだよ」

三年前、たまたま中等科の二階回廊で何度も担任の神鳥谷と佐原と会っていた羽瑠は、二人はクラスの男子とそれほど変わらないと感じていた。聞く気はなかったが、どうやら彼等が亡くなった佐原の兄を通じて友人になったことも会話から知っていた。

それらのことを踏まえて、ふられた腹いせに二人がパートナーだと言いふらした由麻と廊下ですれ違った時に、呼び止めて正面から非難した。

「榎本先輩は根気がいい」

「おまえよくつき合えるな」

「立ち向かってくる時はいい。僕も榎本先輩の言い分を毎回興味深く聴いている。迷惑をしているのは、あそこで落ち込んでいる時だよ」

斜め向かい三メートル先を、羽瑠が手で示す。

「落ち込みに来てるのか」

「罪悪感は、持ってるんだと思うよ。耐えられなくなったときに、あそこに座って。そうですねあなたが正しいです、と僕に言わせるために時々ああして発言する。間違っていなかったと言われたら、その罪悪感は癒えるだろうから」

「癒したら駄目だな」

相手にするなと言わない來大に、羽瑠は珍しく笑った。

「相談は?」

笑うというのも、今まで使わなかった皮膚を動かすことだと知って、羽瑠は途切れた來大の相談を問うた。

「今日は多い」

首を降って、來大も笑う。來大がそんな風に笑うのも珍しいことだった。

「そうだろ?」

由麻のことで本日分は終了だろうと、來大が掌を見せる。

今日の前で展開された由麻と羽瑠の時間を、來大はどうやらとてもよいものとして受け取ったようだった。

「そうだね。僕もそう思うよ」

本当は羽瑠は來大の相談を聴きたかったが、それは來大が「多くない」と思う時を待とうと決めた。

聴くことしかできないだろうし、助言できることは限られている。自分たちは高校生だ。

だから來大の話したいときに聴こうと決めた羽瑠は、その「多い」がとてつもなく「多すぎる」とは今はまだ想像していなかった。


なら相談は明日かと羽瑠が思っていたら、翌日から一週間來大は体育館二階回廊に来なかった。

自ら来ない者に、「何故」と訊く習慣が羽瑠にはなかった。だが相談されるのをずっと待っていた。

ホームルームで見かける來大は、椅子がなくなった日と同じく険しい顔をして何事か考え込んでいる様子で、その一週間の後更に三日欠席している。

「先生」

どうやら連絡もないようで朝出欠確認の時に担任の宮古（みやこ）が毎日名前を呼んでいるので、欠席三日目のホームルーム後、羽瑠は宮古に歩み寄った。

「な……んでしょう」

何故教師たちは自分に怯えるのだろう。何かしでかそうというような気持ちはないのにといつもそれを不思議に思いながら、まっすぐに宮古を見る。

「北上（きたがみ）くんの家に行きます」

行きたいんです、行ってもいいですかという言葉で宮古に思考の余地を求めず、羽瑠は笑った。

ほとんど笑わない羽瑠は自己認知力がそれなりに高いにもかかわらず、自分の笑顔が人に想像を絶する恐怖を与えることがあるとまでは残念ながら気づいていない。

「二戸（にと）さんと北上くんはお友達だったんですか……」

「ご存知なかったんですか?」

一秒も間を開けず、笑うのをやめて敢（あ）えての罪悪感を羽瑠は宮古に与えた。

「すみません。そうですね、欠席も三日目なので連絡しようと思っていました。わざわざ家に?」

この、どんな通信手段も使える現代に於いてわざわざクラスメイトの自宅に何故、というのはとても適切な問いだ。

「はい。連絡がつかないので心配なんです」

羽瑠は携帯を持っていた。辞書アプリと地図アプリを入れて、他は親族からの連絡のみにしか使わないので学校で取り出すことがない。

一方來大は羽瑠の前で携帯を出したことがない。

よって二人は、なんの連絡先も交換していなかった。

「そうですか……それは僕も心配です」

宮古はあらゆる通信手段を用いても連絡がつかないと思い込んだようだが、羽瑠の方では嘘を吐いていない。

「北上くんの自宅の、駅からの地図を書いていただけたら今日の放課後様子を見に行ってみます」

そして羽瑠は來大の最寄り駅も知らないが、いつも松本駅に向かう分岐で別れるので電車通学だとは知っていた。

「わかりました」

まさか羽瑠が來大の住所どころか一つの連絡先も知らないとは、宮古は想像もしていないのだろう。

「今描いていただけますか？　五限が終わり次第学校を出ます」

そのことに気づかれないうちに地図を描かせなければならないと、羽瑠は最大限口角を上げて笑った。

他人を誘導することは難しくないが、気持ちのいいことではないのでよっぽどなことがないと羽瑠はやらない。今日宮古から地図を引き出したのは、「よっぽどのこと」だった。

尋ねる習慣がなかったからと言って、「ハル、相談がある」と言ったきり一週間体育館二階回廊に来ない來大に訳を訊かなかった自分の無能さに、羽瑠は呆れていた。

放課後、松本駅から五十分ほどかかる波田駅を背に梓川方面に歩いて、頭に入れた地図を学校指定の鞄に入れる。

「駅を離れると、きれいな町並みだ。木塀が多い」

とても來大に似合った町並みに思えたが、個人情報を超法規的に取得することを羽瑠はよいとは思っていなかった。

來大は親しくなったのでかまわないと思ったのではない。親しいほどやってはならないことがある。

來大の欠席の二日目まではそう考えたが、三日目となって羽瑠は「ハル、相談がある」の続きを聴いていない事実の重大さを最優先に考えることにした。

「確かに、開智の学費は支払えるだろう」

覚えて歩いた道筋にある古いしっかりした造りの木製の門に、「北上」と表札が出ている。

自宅まで行くと踏み切れたのは、「学費が支払えないわけではない」と聞いていたことが大きかった。もし経済的困窮で転校を望まれていると聞いていたら、來大の心境を考えて家を訪ねようとは思わなかった。

ただ、歓迎されるとは想像できない。それでも躊躇わずに羽瑠はインターフォンを押した。心に躊躇があっても、行動を躊躇うことに意味はない。時間の無駄だ。

『はい。どちらさまですか?』

何かしらの連絡先を交換しようとお互い一度も考えなかったことを悔やむ間もなく、朗らかな女性の声が返った。

「來大くんのクラスメイトの、二戸羽瑠と申します」

欠席していることを家族が知らない可能性もあると想像して、羽瑠はとりあえず名乗った。

『あらやだ、今行きます!』

息子とはかなりテンションが違う母親と思しき人が、昔ながらの広い一軒家と石造りの蔵のある敷地を駆けて来る。

「お待たせしてごめんなさい。二戸くん、來大から最近よく聞いてます。仲良くしてくださってるって。來大の母です」

格子戸になっている門をがらりと開けて、來大の母親はエプロン姿で嬉しそうに言った。

「いえ、こちらこそ。來大くんとは一緒に勉強させていただいていて」

彼女を上手く表す言葉を羽瑠は持たなかったが、少々古典的なければごく普通の母親というのが適切に思える。

「二戸くん学年トップなのに、來大なんて教わるばかりでしょう。今ちょっと怪我をして休んでるの。学校には自分で連絡してるって言ってるけど、してるのよね？」

「はい。すみません、お見舞いにきてしまいました」

その連絡は宮古を見る限り来ていないが、怪我は嘘ではないのに学校に連絡していないことが羽瑠は大いに引っ掛かった。

「まあ、お見舞いなんて」

「いないと張り合いがないんです。來大くんは優秀で、競い合える相手ができて僕もとても力になっているのですが……」

ここは一つ、來大が「想像の余地がない」と罵(ののし)る羽瑠自身無駄だと思っている容貌で、全力で憂いを見せておこうと深く俯く。

常々無駄だと思っているので、使えるところで使わなければ大損だ。

「そんな……よくもまああんなめんどくさい子と。友達が家に来てくれたことなんてほとんどないのよ」

恐らく來大が羽瑠の家に来れば、羽瑠の家族も同じような台詞(セリフ)を言う。出会ったばかりの來大とは思いの外(ほか)似た者同士だと、羽瑠は今更思い知った。

「彼と勉強するのがとても楽しいです。僕は」

「そうなの。だったらお父さんも考え直すかもしれないわね。カメラはちょっと」

そこまで言い掛けて、それが息子の私的なことだと母親が気づいて止まった。

朗らかで來大とは似て見えない人物だが、そんなに迂闊(うかつ)ではないところが來大の母親らしいと羽瑠には思える。

「僕は何事も学業優先で、二人で放課後勉強しています。読んでない本を教え合ったり」

余計な嘘は面倒の元なので、真実を限界まで羽瑠は削(そ)ぎ落とした。

「……お父さんに話してもいいかしら。二戸くんのこと」

恐らく、來大の父親は息子の芸術家気質に気づき危ぶんで、運動部を辞めて写真部にまで入ってしまった瀟洒(しょうしゃ)な開智学園から公立に転校させたいのだろう。

「もちろんです」

一つ、羽瑠はその父親の認識について思うところがあった。

学校を変えても來大は変わらない。

「お父さんもきっと喜ぶわ、二戸くんみたいなお友達ができたこと。來大は蔵にいるわ」

門の右手、敷地の端にある石造りの古い蔵に母親が案内してくれる。

この感触だと、もしかしたら來大の両親は優秀な友人を信頼してあっさりと転校を取り下げくれるのではないかと、羽瑠には思えた。

「……もっと早くくればよかった」

來大に限らず、一人の子どもが親を不安にさせた時、その子ども一人の振る舞いで不安を解消させるのはとても難しい。

それは羽瑠には珍しく本から学んだことではなく、経験として学んだことだ。

「どうぞ、入って」

蔵の前で、笑って彼女は重そうな扉を指した。

「でも」

「來大が使いたいって言った時に、いつ誰が入ってもいいならって条件を出したの。不思議だけど、その条件を出したお父さんは入らないのよ。変ね」

お茶を持ってくると言い残して、母親が母屋に戻っていく。

母親は随分あっさりしていて、羽瑠は逆に肩透かしな気持ちになった。

來大に対しては、父親の方が理解があるのかもしれない。理解があるから蔵に入らない気がした。

「何故なら僕も、若干だが気が重い。……ライタ、ハルだ。ごめん突然来て」

重そうな扉の前で、蔵の中に大きめの声を掛ける。

長い間があって、ゴシックホラー映画のようなゆっくりした動きで扉が開いた。

「ハル」

蔵の中には、ゴシックホラーのように暗い表情をした來大が立っている。

「怪我をしたって、今聞いたけど。この間の捻挫(ねんざ)?」

「いや……右手を。大した怪我じゃない。親への言い訳だ」

十一月を目前にした蔵は寒く、來大はデニムの上にグレーのトレーナーを着て右手にサポーターをしていた。

「來大！　わざわざ来てくださって、よかったわね」

母屋(おもや)から母親が、麦茶のボトルとグラス、箱に入った和菓子を持って駆けてくる。

「お父さんも安心するわ。二戸くんみたいなお友達ができたって知ったら」

「母さん」

來大に渡そうとしたトレーを、右手を気遣って羽瑠が受け取った。

「ハルのことは、父さんには言わないでおいてください」

「どうして?」

羽瑠が訊きたかったことを、母親が尋ねてくれる。

「迷惑を掛けたくないんだ」

そう言い残して、來大は蔵の中に入ってしまった。

「……話を聴いてみますから」

また不安を高めた母親に、小声で言って羽瑠が愛想を総動員して頭を下げる。

ほっと息を吐いて、彼女はまた母屋に戻って行った。

「入ってもいい？」

蔵の中に置かれた学校で使うような椅子に座った來大に、羽瑠が尋ねる。

「ああ。閉めてくれるか、扉」

全体に活力がない來大の声を聞いて、羽瑠はトレーを來大の前の机に置いてから扉を閉めた。

真ん中に日差し色の電球が下がっているが、中は暗い。

トレーを置いた机も、学校で使う机だった。

「座ってくれ」

もう一つ同じ椅子が向かい合わせにあって、來大に示される。

けれど椅子に座る前に、羽瑠は蔵の壁に貼り巡らされた写真を見て立ち尽くした。

父親なら、より不安になるだろう。同級生である羽瑠も、普段あまり感じない不安感を抱いた。

ノートにコラージュされていた比ではない数の、目のない人、人、人。横を向いていたり、俯いていたり、髪が降りていたり、光が反射したり、一つ一つ違う角度で、全ての人物の目が写っていない写真だ。

「不気味か？　父親が俺の写真を嫌がる」

不気味かと問われれば、それは率直な感想としてなくはない。

「数がこれだけまとまっていると、平常心でいることは難しいと思うよ。僕も今、簡単には言葉が見つからない」

けれど圧倒された後に、意味を考え続けてしまう写真だ。ネガティブな言葉で片付ける気にはならないけれど、声にした通り言えることも見つからず、羽瑠は示された椅子に座った。

「学校で使う椅子と机だね」

來大は麦茶をグラスに分けようとしていて、机の上には電源が入ったノートパソコンがある。

「梓川の方に廃校になった中学校があって、その時に貰った。学校の椅子と机が好きなんだ」

躊躇いながら來大が話すのに、衝動的に來大が羽瑠の椅子を持ち上げたことには語られた以上に何か強い意味があったのではないかと、羽瑠は気づいた。

「どうして？」

「みんな同じだ。そこが好きだ」

「君がそんなことを言うなんて意外だ」

「平等の意味がピンとこなくて、よく考える。今もわからない。だから、みんな同じことがあると安心する」

安易な安心だと、來大は自分で呟く。けれどそこに自虐はない。

みんなは難しい言葉だと、來大はわかっていたはずだ。それで時々そうしてわかりやすい「みんな」を取り入れて、眺めているのかもしれない。

「僕がやるよ。右手が痛そうだ」

サポーターを嵌めているだけでなく右手は不自由そうで、羽瑠は麦茶のポットを受け取った。

「羽瑠の椅子は、みんなと同じ椅子には見えなかった」

今羽瑠が想像したことを、來大が言葉にする。

黙って、羽瑠は続きを待った。來大と交流するようになって、最初の説明では足りないと羽瑠自身思っていた。

あの時語られた成績や家庭環境への妬みと、知っていった來大が羽瑠の中で全く一致しない。

「俺が躓く言葉、みんなや、自由や、平等。そういうことをハルは少しも気にして見えない。俺が躓いていることより遠くの場所にいる。同じ椅子なのに、王の椅子に見える」

だが語り出されたことに、羽瑠は返せる言葉がなかった。

「それで、王の椅子に触ってみたかった。触る気はなかったんだが、あの日は衝動に負けた」

來大に見えている玉座に、確かに羽瑠は座っている。

知力を伴う理性を何より重んじ、尊重する独立王国の王として。

「椅子が変わっても羽瑠は変わらないな」

新しい椅子も王の椅子だと、來大は言った。

「……椅子の件は、その理由の方が君らしい。君が言った通り体が大きいから、周囲は誤解したんだろう。学校に来ないのは何故？」

來大らしいと言うのが精一杯で、羽瑠は無意識に自分のペースに会話の舵を切り直そうとしていた。

王座には座っている。だがそれを誰かが見ていることは、羽瑠が知らなかったことだ。

「そこ」

重い蔵の扉を、來大が右手で指す。

「この拳で殴った。罪の意識に自分を戒めた」

それで怪我をしたことを理由に休んでいるというのが、來大の言い分のようだった。

「何故罪の意識を？　いや待て。僕が今日君を訪ねた理由は、ただ一つの後悔のためだ」

本題から遠くの海をゆっくり回っているような会話はとても自分らしくないと、一口飲んだ麦茶を羽瑠が机に置く。

「君は僕にまだ相談をしていない」

向かい合って、まっすぐに羽瑠は言った。

舵は自分で切った。だがこの会話が何処に船出するのか、今のところまるで見えない。

「取り返しのつかないことになる前にと思って、今日僕は宮古先生を誘導してこの家の地図を貰ってきた。そのことは僕の勝手なので謝るよ。申し訳ない」

海には、大きな船が二隻停泊している。羽瑠の船と、來大の船だ。

羽瑠は海路を行くなら自分の船でしか行かない。己をそういうものだと信じている。

「謝る必要はない。来てくれてありがとう」

もう一人の船長は、殊勝に礼を言った。

「だがもう手遅れだ。取り返しはつかない」

そして自分の船は出港したと、羽瑠に告げる。

「何故」

こんなにも、「何故」、「どうして」と自分に言わせるのは來大のみだと、最早羽瑠にはただ腹立たしかった。

「聞かない方がいい。巻き込みたくない」

「聞かなかったことにくらい僕はできる。ここまでやってきた僕の意思を尊重してほしい」

そのくらいの融通は必要なら利かせられると言った羽瑠の目を、來大が見返す。

「……俺が目を撮らないのは、わからなくて怖いからだ。他人の目が何を物語っているのかわからない」

「わからないことが怖いというのは、わかるよ。僕が最も恐れるのはわからないことだ」

「不思議だ。ハルの目は怖くない。わかりやすい」

心外だと反射で感じたが、言われればそれほど複雑怪奇なことを自分のまなざしは孕(はら)んでいないとも羽瑠には思えた。

皆、過剰に二戸羽瑠という少年に怯える。だが怯えられる程の未知は、持っている自覚がない。

その上目の前の來大には、羽瑠が座っている王座まで見えていた。

「聞かなかったことに、ハルはできるだろう」

何かしらの王だと羽瑠を知った上で、來大が観念する。

「俺は犯罪を犯した」

息継ぎせずに言って、來大はずっと眺めていたのだろうノートパソコンのモニターを羽瑠の方に向けた。

犯罪という言葉とは縁遠く思える、『長野県高校総合文化芸術助成』というサイトが開かれている。

だが今開かれているページに書かれていることは極めて短く、シンプルに來大の言葉を裏付けた。

「……開智学園高等科写真部、指導教諭神鳥谷(ひととのや)等(ひとし)、部長北上(きたがみ)來大。採択通知」

短い知らせを読みながら、羽瑠の耳には來大の言葉が蘇っていた。

——おまえすごいこと言うな、ハル。相談にくらいしか乗れないって。すごい言葉だ。

転校の話を聴きながら「相談にくらいしか乗れない」と言った羽瑠に、來大はそう言っていた。

「百二十万円、交付決定」

振り込み準備中の文字までは、読み上げない。

「いつ、どうやって」

何故は、羽瑠はさすがにもう言い尽くしていた。

「どうやってを、先に答える。写真部で何か参加できる公募がないか探した。検索中にその助成金のサイトが出てきた。手続き方法を読んだ。活動報告書、活動計画書を作ってアップロードする。写真部の書類の全ては部室にあって、学校から出された部費を俺が口座ごと預かった。俺しか使わないから」

「それは、顧問に問題がある」

「神鳥谷先生を責めないでくれ。部室の簡単な改修や現像で部費が必要になる度に、中等科に手続きに行って俺はうんざりした顔をしていただろうし、神鳥谷先生は俺が真面目に写真をやっていることを見て評価して信頼してくれた」

それで口座情報を含む書類の全てを高校一年生に預けてしまった顧問はしかし、この百二十万円の不正受給が発覚した時ただでは済まないだろう。

「いつ、というのは。ハルに出会った後だ」

「何故」

もう言いたくないのに羽瑠は、結局また「何故」を口に出してしまった。

「この百二十万が口座に振り込まれても、それを俺の学費に使えないことはわかっていた。すぐ不正は発覚する。だが俺には手続きができることもわかっていた。活動報告書と活動計画書を使ってアップロードまでは何度かしたが、送信する気はなかったんだ。手遊びに近かった」

「壮大な手遊びだな……学費のことは自分で考えても仕方ないいんじゃなかったのか」

どうしてそんな悪手を踏んだのか、羽瑠には全く理解できない。

「後二年半、どうしても開智に残りたい感情が」

そこで一度、來大は言葉を止めた。

「制御できなかった。送信をクリックしたのは衝動だ」

「いつ」

言葉を止められたので、感情は理由があって制御できなかったのだと羽瑠が知る。

「羽瑠と榎本先輩の議論の日だ」

「そうだ。あの日ライタは相談すると言った。このことか?」

「相談があると言ったのは、榎本先輩との議論が始まる前だ。このことだが、助成を学費にしようとしていることを止めてもらおうとしていた」

「何故相談しなかった！」

かつて上げたことのない大きな声を、静かな蔵に羽瑠が響かせてしまう。

もう十日も前、自分に止めさせようとした日に來大は助成の申告を送信してしまっている。

採択者ページを見る限り、後はその百二十万が振り込まれるだけだ。

「先輩と羽瑠が三年間議論していることが、とても」

とても、の先の言葉を來大は見つけられない。

「ハルの同級生でいたいとあの日、感情が高ぶった」

最上の敬意を示されたことはわかった。それで羽瑠は今、見知らぬ二つの感覚に両腕を強く引かれていた。

一つは自分の認識の間違いに対する屈辱だ。

一見低体温にも見える來大が、芸術家であることを羽瑠は知ったはずだった。だが知った日に自分が思ったことは、今更ながら太い赤字で訂正する。

芸術家が厄介ではないと書いてある書物が世界の何処にも存在しない理由を、今こそ羽瑠は思い知った。

芸術家という芸術家は皆厄介で、しかも來大は厄介の桁(けた)が並外れている。

「……なるほど、僕はどうやらすごいことを言った」

腹立たしいことに、來大の方が物事を正確に認知する力が高かった。

相談というものがどれだけ壮大なのか、來大は認識していた。ただこのことについては相談内容を羽瑠は把握していなかったので、引いて考えたい。

そして己がどれだけ制御不能な芸術家なのかも、來大はきちんと把握していた。

「僕は」

羽瑠はかつてなく評価した同級生である來大を、それでも甘く見ていたし芸術家を舐めていた。

しかし來大も羽瑠を甘く見ている。羽瑠は生まれてからただの一度も敗北を認めたことがない。

必要がなければ何もしないが、必要となれば、やる。

「ライタ。君の所業の大きさについては、僕は認めざるを得ない。僕は判断は早い程いいと思っているが、この件については今即断できない」

「何を判断する。俺に残された道は自首することだけだ。今度ばかりは冤罪じゃない。不正受給の実行犯だ」

「もしかしたら君は、自首すればそれでいいのかもしれない」

もちろん來大もしでかしてしまったことに動揺し、だからこそ壁を殴り、ついには学校も休んで蔵に閉じこもっていたのだろう。

だが、結果どうなっても、來大が変わることはないと羽瑠には思えた。

「俺以外の誰がよくない」

「被害という意味では一番大きな人を最初に言おう。僕が三年間人権のために榎本先輩と議論を続けたその人、神鳥谷先生だ」

「そうだな……」

はっきり顧問の名前を言うと、來大は神鳥谷がただでは済まないことに初めて気づいたようだった。

「あの人は、僕を見る度怯える。僕を見て怯える大人は実のところ神鳥谷先生だけじゃない。だからこそ神鳥谷先生が他の大人とは違う意味で僕を見て怯えていると、僕は気づいた」

現担任の宮古も、他の教師も、何かと言うと羽瑠の一挙手一投足に怯える。子どもの頃からなので、羽瑠は慣れているし大人が自分に怯える理由は彼等が求める子どもらしさがないからだと認識していた。

「どう違う」

「僕が何かしでかすと思っている」

「悪いが、それは他の大人も同じなんじゃないのか?」

「神鳥谷先生はその先のことを心配していると、最近思うようになった」

——君は一人で足りていると思うかもしれないけれど。

他者を必要とするようなことを、この間神鳥谷は言っていた。何かしでかすと案じるところまでは他の大人と同じ心配だが、しでかした後の少年のことをどうやら彼は心配している。

「教師である彼は、子どもである生徒が自首する状況を全て自分の責任だと思うだろう」

「そんな」

「実際、この件は放任していた顧問に大きな責任がある。客観的に見ても、主観的に見ても」

響いているようで、來大は揺らいで見えなかった。

衝動でしでかした犯罪に対して、腹を括(くく)ってしまっている。

「君は、自分は一人で足りていると思っている」

「そんなことは思っていない」

「神鳥谷先生が僕に言った言葉だ。余計な心配をしてくださってありがたいとあの時は思ったが」

この間神鳥谷にこの言葉を言われた時、思いやってくれているのはわかったが自分と関係のある言葉だと羽瑠は受け留めなかった。

「余計な心配ではなかった。とりあえず君に現代的な芸術家だと言ったことは取り消す」

いつも來大は、羽瑠には平常心に見えた。平常心であることには間違いはないのだと思える。

問題は、來大がほとんどのことを平常心でやってしまっていることだ。

「君の両親については知らない方々なので明言を避ける。僕も被害を被(こうむ)る」

「だから、聞くなと言った」

「そうじゃない」

犯罪に関しての被害は、不思議なほど羽瑠は案じていない。

そこに自分が触らなければ、來大は羽瑠を巻き込むことは決してしないだろう。

「僕の被害については、今はまとめられない」

羽瑠の中に渦巻くものがあったが、それをこの場で明文化することも今後の航路を決めることも、口惜(くちお)しいことにできなかった。

それが、羽瑠のもう一方の腕を強く引いている、もう一つの感覚だ。

「明日、学校で話そう。放課後、写真部の部室に行くよ」

体育館二階回廊には、座敷童(ざしきわらし)が来る可能性がある。

「君は相談するべきときに相談しなかった。明日は外さないでくれ」

まだ立ち上がらず、羽瑠は近しい高さで來大の目を見た。

「……ハルの目が怖い」

初めてそう感じたと、來大が打ち明ける。

「そうだろうね」

今ばかりは羽瑠が何を思っているのか來大にも少しもわからず、それはとても恐ろしいことだろう。

「じゃあ明日」

言い残して羽瑠は、立ち上がった。

來大に羽瑠がわからなくて当たり前だ。

明日自分がどうするのか、羽瑠もまだほとんど決められていなかった。


翌日、來大は朝のホームルームに遅刻せずにきた。

いつもと変わらず羽瑠と來大は放課後まで交流しなかったが、約束の写真部部室に移動する前に來大が荷物を整理しようとしているのが、羽瑠の視界に入った。

「それは後にして」

來大の机の横に立って、学校に置いている荷物を持ち帰ろうとする手を羽瑠が止める。

「だけど自首したら多分」

「後にして。部室に案内してくれ」

自首したら教室にもう荷物を取りに来られないと、そんなことだけ何故冷静なのかと羽瑠は思ったが、この場では言わなかった。

仕方なしという風情で、來大は立ち上がった。

無言で、並んで廊下を歩く。昇降口で靴を履き替えて、羽瑠には無縁だった部室棟に來大は歩いて行った。

來大が鍵を開けて、暗い部室に入る。覚えのない匂いが羽瑠の鼻をついて、嗅いだことがないけれど状況からきっと現像液だと察した。

写真部の壁には、來大の家の蔵のように写真は貼っていない。学校の中では來大は自分の特異性は貼り巡らさず、ノートにコラージュして部室の机の上に積んでいた。

「そもそも一人しか希望者がいないのに、写真部を復活させたことは学校側の落度だ」

顧問も少なくとも一度はここに来ただろうから、壁が來大の写真で埋め尽くされていたらもっとたった一人の部員を注視しただろう。

「一人は気楽だった」

「もう、そうはいかない」

「わかってる」

項垂れることはなく、蔵と同じ配置に置いてある机の前の椅子に來大は座った。

もともとあったのかもう一つ椅子は置かれていて、促されなかったが羽瑠が來大と向き合って腰を下ろす。

写真で埋め尽くされたノートを、羽瑠は捲った。

「目が見えてる写真は、僕の写真くらい？」

「あまり撮らないけど、家族の写真も目が見えてる。……最後に、体育館にいる榎本先輩の写真を撮りたかった」

最後というのはきっと写真という意味ではなく、学校生活のことだろうと悟って羽瑠は気持ちがいつかのように波立った。

「先輩は体育館にいる時は怖い」

「彼女にも彼女が全くわからない時間だからだろうね」

それを來大は「怖い」という言葉で語っているけれど、作品を見ていれば写っていない目を美しいと思っていることがはっきりと伝わる。恐ろしい程に美しいと、來大は人の目に囚われている。

「僕の写真は、なんの記念写真？」

羽瑠の写真を撮った日に、來大はこれは作品ではなく記念だと言った。

問いかけに、來大は黙り込んだ。

本当は昨日、來大はその答えを言っている。

手遊びを犯罪に変えてしまったのは、開智に残りたい感情が高まったからだ。高まった理由を、來大は言葉にしていた。

羽瑠と同級生でいたいと。

「一方的に、友情を感じた。その記念にポートレートを、撮った」

もう退学すると腹を括(くく)っていた來大の声が、力を失う。

何故と、羽瑠は自分に訊いた。わざわざ尋ねて、確かめる必要はなかった筈だと。

「僕は犯罪を望まない」

声を來大に投げたら、何故の答えはがわかった。羽瑠にも多少の踏ん切りが必要だった。

「当たり前だ」

「犯罪は望まないが、法律は優先しない」

踏ん切ったつもりでも、外殻(がいかく)から、簡単には本題に入れない。

「何に対して」

意味がわからないと、來大は力ないまま羽瑠を見た。

「人間の方が優先順位が高い。法律は人間が作ったものだが、人間は自然物だ」

目の前の同級生に対して素直な言葉を、羽瑠はまだ発することができない。それは全く慣れていないことだ。

「ハル。目が赤い。もしかして泣いたのか」

「この目の充血は寝ていないからだ。君のために一晩パソコンに向かっていて！」

また、羽瑠は声を荒らげた。持っていなかったものをどうやら持ち始めていることを、しかし容易には羽瑠は認められない。

何しろ一度も持ったことがないので。

「俺のために？」

「そんなに簡単でもないが、そんなに難しくもない」

主語を、敢えて羽瑠は抜いた。

今日來大に会って決めようと思っていた。何処に向かって船出するのかを。

船は出る。舵は羽瑠が切る。だが船を出させるのは羽瑠ではない。

「何が」

「これから僕らがすることだ」

まだ読み解けない「エチカ」の中にあるとても好きだった言葉を、呪わしく羽瑠は思い出していた。

いかなる物も、外部の要因によってでなくては滅ぼされることができない。

感情を呼び起こすのは外部要因、他者でしかなく、それを受け入れる時には滅びることを覚悟しなくてはならないだろうと、羽瑠は知識としては知っていた。

外部の要因でしか、誰も滅ぼされない。

否。変われない。自分は決して変わることはないと、來大に出会うまで羽瑠は疑ったこともなかった。

「人をまとめて語るのは、好きじゃないんじゃなかったのか」

「このまとめ方を君は受け入れる必要がある」

声にしてから、なんといじましい言い方だと既に羽瑠は今まで知らなかった自分に困惑する。

「僕も、受け入れる必要がある。ライタのいない学生生活はいやだ。つまらない」

国交を、外交を羽瑠はしなければならなかった。他人と関わることはこんなにも難しいことだったのかと、心から困惑していた。

通常、人類全般はそこまでややこしくないとは羽瑠には想像できていない。何しろ初めて知ろうとした他者が、極端な目の前の芸術家だったので。

「僕らは、君の犯罪を無効化する」

国交はするが、外的要因と外交しても滅ぼされるつもりは毛頭なかった。

人間が作った法律を無効化することは、羽瑠にとっては理性の範囲のことだ。

「簡単じゃないが、難しくもない」

もう一度そう言ったかつて孤高だった王は、まだ己は理性を失っていないと信じていた。

『命令を守る者は災にあわない。知者の心は時と方法をわきまえている。人の悪が彼の上に重くても、すべてのわざには時と方法がある』

　これは、私立開智学園高等科一年Aクラスの窓際の玉座につく、六限目が終わったばかりの二戸羽瑠の独り言だ。

　もう十一月に入ったがクラスメイトはこの独立王国の王に慣れることは一切なく、それぞれに帰り支度をしながら遠巻きに怯えている。

『風をとどめる力をもつ人はない。また死の日をつかさどるものはない。戦いには免除はない』

　ただ一人、王との国交の始まった「彼」を除いて。

　王国はこの進学クラスではなく、羽瑠の心の中に存在している理性の王国だった。今のところ国民は自分一人しかいない。

　同じ教室の中でただぼんやりと考え込んでいる「彼」、国交を始めた北上來大の方を羽瑠は見た。

　いや、睨んだ。それもイートン校を模した開智学園の制服によく似合うガラスのようなまなざしで強烈に睨んだので、クラスメイトはなお怯えた。

　睨まれた來大以外。

クラスメイトたちは、「北上來大が二戸羽瑠の椅子を投げようとした」事件をきっかけに親しくなった二人が、今喧嘩をしていると思い込んでいる。

だが來大が羽瑠の椅子を投げようとしたというのも、來大と羽瑠が喧嘩をしているというのも、両方誤解だった。

「文化祭の追加申請期限は、明日の朝だ」

普通の言葉を、羽瑠は独り言ではなく來大に聴こえるように言った。

——僕らは、君の犯罪を無効化する。

どうやって來大の犯してしまった文化芸術助成金百二十万円の不正受給を無効化するのか、羽瑠は二日前写真部の部室で來大に説明した。

——簡単じゃないが、難しくもない。

言葉通り、羽瑠が「犯罪を無効化」する方法に辿り着くのは簡単なことではなかった。何故(なぜ)なら羽瑠は部活動経験がなく、芸術を愛しはするが自らが文化芸術的活動をしない。

要は、來大が一人で不正受給に成功してしまった「長野県高校総合文化芸術助成」について、ゼロから調べなければならなかった。それでも検索に一晩を費やしたら、あっさりと不正受給をなかったことにする方法には行きついた。

だがその説明をしてから二日が経ち無効化できる期限が目の前だというのに、來大は返事をよこさない。しかし大きな体を丸めたり、天を仰いだり、ため息をついたりしている來大をこうして見ていると、真面目に悩んで迷っているのは羽瑠にもわかった。

「ハル」

羽瑠に呼び掛けながら、不意に來大が学校指定鞄を摑んで立ち上がる。

目を合わせて、來大が歩き出した。

それはもちろん是の証であると疑わず羽瑠は同じ鞄を摑んで、來大が向かう先に向かった。


放課後の部室棟は、段々に騒がしくなっていく。

來大（らいた）が唯一の部員である日当たりの悪い北側の写真部部室には、相変わらず消えない現像液の匂いが染みついていた。

二日前と同じに、一つだけ置いてある教室と同じ机を挟んで、向かい合って座る。

長い沈黙の間、來大は俯いていた。

犯罪の無効化を提案したのは自分なので、來大からの答えを羽瑠（はる）は待とうとしたが、如何（いかん）せん沈黙は三十分に及んでいる。

「何を迷う?」

走り出す運動部員のあまりにも大きな声に、良くない形で背を押されて羽瑠から尋ねてしまった。

「俺がしたのは犯罪だし、本当に写真展をやるつもりなんてこれっぽっちもなかった」

　これぽっちもなかったとしてもやるしかないと羽瑠は言いたかったが、雲行きの怪しさを察してなるべく慎重に話を進めることにした。何しろ助成金はもうすぐ口座に振り込まれるし文化祭の申請期限は明日だ。

　不正受給を犯罪にしないことは簡単で、その百二十万を使って文化的なイベントを写真部がやればいいだけのことだ。採択要件を隈なく読んで明かした朝に、羽瑠はそう結論付けた。だが、高校一年生が二人で、外部のイベントスペースで写真展をやることには大きな無理を感じる。スペースを借りたり展示したりという手続き過程でつまずくだろう。

　來大は運がいい。たまたま文化祭が目の前にあった。

「僕は昨日既に、神鳥谷(ひととのや)先生に入部届を提出してきた。驚くほど喜んでくれていたよ」

　昨日羽瑠は、道を挟んだ向かいの中等科に行って写真部顧問の神鳥谷等(ひとし)に会った。

「文化祭に参加したいという旨(むね)も、一応伝えた」

　十一月後半の連休に行われる文化祭はもう二週間後だ。提出した予算データを一昨日羽瑠は來大に見せてもらったが、普通に学内で写真部が写真展をして後は報告書を提出すれば、ごく当たり前の助成で終わる話だ。

「ハルが写真部に入ることを喜んだのか？　神鳥谷先生は」

文化祭の申請は、団体でなければならない。団体の定義が最低二人からと要項に書かれていたので、昨日羽瑠は二人目の写真部部員になった次第だ。

「部活をやることより、君と友人になったという期待だと思うよ」

「ハルを恐れていた」

「そうだ。友人ができたらきっと、その恐れは薄まるんだろう」

大袈裟（おおげさ）ではなく、驚くほど神鳥谷は喜んでいた。

神鳥谷は中等科の社会科教師で、羽瑠の中等科時代の担任だ。そして休眠していた写真部を來大がやりたいと言ったがために、今年から高等科写真部の名前だけの顧問を誰になのか押し付けられた。

「……いい人なのに」

呪われているのかもしれないと、羽瑠は神鳥谷が気の毒になった。

「いや、顧問として神鳥谷先生も評価されるいい展示にすればいい。あわよくばそこでチケットを売ってライタの学費を回収したいけど、それはさすがに都合の良すぎる考えだろうね」

助成金を目的通りに使えば、犯罪は何処にも存在しなくなる。そもそも來大は写真部として申請をしているので、迷うことも問題もないと羽瑠は思った。

「高校生の写真展にチケット代払うやつなんていないよ。……ハル」

不意に、來大は鞄からカメラを取り出してそのまま羽瑠に差し出す。

いつも來大が使っているフィルムのニコンではなく、新しいデジタルカメラだ。

「何か撮りたいものはあるか？」

意図がわからず、触れば使い方はわかるデジタルカメラを羽瑠が立ち上げる。

長くは考えず、羽瑠は目の前の來大にカメラのレンズを向けた。

「撮っていいか？　ライタ」

「撮りたいものは俺なのか？」

「最初に友人を撮りたい」

友人とはっきり言った羽瑠の言葉に、一瞬來大が唇を噛む。

「撮ってくれ」

承諾を得て、羽瑠は立ち上がり來大をどう撮るかしばし考え込んだ。

その時間はとても短い。來大は動かないし、いつも通りだ。羽瑠の知っている友人のままだ。

デジカメのシャッター音が、暗い部室に届いた。

「見ていいか」

背丈の高い來大の大きな手を差し出されて、迷いなく羽瑠がデジタルカメラを返す。

フィルムと違ってその場で写真のデータが確認できるモニターの自分を見て、何故だか來大は大きなため息を吐いた。

「後は？　何か撮りたいものはあるか？」

「すぐには思いつかないよ」

尋ねられて羽瑠が答えるのに、來大がまた迷うのが羽瑠にも伝わる。

「学費にするつもりしかなかった百二十万だ」

「それはわかってる。そうじゃなくて」

とても、來大は言いにくそうだった。

短い黒髪を掻いて、言葉に迷っている。

「突然二週間後に写真展をやりたくない。ひと月もないのに、自分の写真にまだ俺は満足していない。とても準備できない」

だが迷った割には告げられたことがあまりに考えなしで、羽瑠は生まれて初めて反射で「は？」と言いそうになった。

なんとか「は？」とは言わずに、大きく息を吐いてからゆっくりと羽瑠が笑う。

「君のその芸術家としての意思は尊いけれど、今はどうにか堪(こら)えてくれないかな？」

「いつかは写真展をやりたいという気持ちは俺も持ってる。だけど予算があるから予算のために写真展をやるなんて変だ。だったら返納したい」

殴れたらいいのに。

來大の尊い言葉を聴きながら、羽瑠は暴力のためには全く動かない右手で眉間を押さえた。

「なんと言って返納するの？」

念のため、羽瑠が穏やかに尋ねる。

「学費にするつもりでした、すみませんと言って。不本意な写真を展示をするくらいなら、刑務所に入る」

芸術家は本当に厄介極まりなかった。

もしかしたら或いは、こういうことは殴ると一発で終わる可能性を秘めている。

「だが僕は理性を最大限に尊ぶ」

声に出さなければならないほど腹が立つ自分に、羽瑠は失望した。

絶対に暴力で物事を収めたり進めたりしない。それが知力を持った人類が理性を以て成さなければならない世界の理（ことわり）だ。

その世界はいつか来ると羽瑠は信じているし、新しい世界のために自分の責任は充分に果たすつもりでいる。

「蔵に在る君の写真を展示しよう。素晴らしい写真だよ」

だいたい羽瑠は、人生でただの一度も人を殴ろうと思ったことがなかった。

「未熟だ」

自分に人を殴りたいという感情が僅かにも存在したことに、羽瑠はただ驚いていた。なんなら今はこの芸術家に殺意を抱いている。

「将来成熟した時に振り返るために、未熟さも人前に晒すことを僕は提案する」

全力で羽瑠は、來大の説得にかかった。もしかしたら己のことも説得している気がする。冷静になれ、二戸羽瑠と。

「未熟さを」

今羽瑠が言ったことが、どうやら少し來大は気に入ったようだった。

「人前に晒す。か」

厄介な芸術家の頑なさが緩んだのが、羽瑠に伝わる。

「情に訴えるつもりはないが、書類はもう揃えてある。文化祭の追加申請期限は明日だ」

まさか情に訴える羽目になるとは思いもよらなかったが、羽瑠は三日前から芸術家という芸術家を激しく疑うようになったので、細かで完璧な申請書類を用意していた。

「僕は、友人に学校にいてほしい」

もうここまで用意している。羽瑠が用意した。友と居るために。

「……だがハルの友達は、ハルのお陰で犯罪者にはならずにすんだとしても、悪いが学校には残れない」

手遊びをしてしまったせいで文化祭は乗り越えなくてはならないかもしれないが、学費の件はどうにもならないと來大が首を振る。

「君は学校に残る」

平然と羽瑠は断言した。

「どうやって」

「お父様に学費を出していただく」

「それは無理だ」

実際父親と接して公立高校への転校を言い渡されている來大の表情に、父親の手ごわさが映る。

「僕はあきらめない。並行して行動する。君は、要はお父様から心配されてるんだね？」

來大の家の敷地の中の蔵で、羽瑠は見た。

目のない人物の写真、写真、写真。

あの時点で彼が友人だと認識できていなければ、羽瑠も來大への何かしらの信頼はなくしただろう。

未熟だと來大は言うが、不安に息が止まる力の在る写真だった。

「心配されているというより、信頼されていない」

來大は父親から自分への感情を、恐らくかなり正確に把握している。

「それをどうにかしよう。信頼を取り戻す」

恐らく來大の父親は來大がバスケをしている段階では、過度に美しい開智(かいち)学園に息子を置けないとは思わなかったはずだ。

「どうやって」

「畏怖だと、想像するので」

友人の存在を知った來大の母親の態度を、羽瑠が思い返す。

息子に友人がいたことに、心から安堵していた。驚くほど喜んでいた。

「君のお父様に会ってみないとわからないが、そちらはそんなには難しくない気がする」

昨日の神鳥谷の喜びを思い出して僅かに胸が痛み、羽瑠が中等科に思いを馳せる。

「そうか？　頑なだぞ。岩の方がやわらかい」

「もう少し君のお父様の情報を教えてほしい。ダイヤモンドなら火に弱い」

石や岩、またはそれ以上だとしても、どんな人間にも何処かに隙はあるはずだと今こそ羽瑠は思えた。

理性に従い、自分の皮膚を王国の国境と定めて、人に振り回されることなく生きてきたはずの羽瑠は、今來大のために大航海を始めた船の舵を何度も切り直している。

「俺と、自分が似てると言ってた。自分のカメラを昔捨てたそうだ」

まさか同じ道を目指した人だとは、それは羽瑠には想定外だった。

「……なるほど。思ったより困難だ」

きっと來大をよく理解した上で不安に思っているのだろうし、もしかしたら根深い可能性もある。

「父を説得するのは無理だ。たとえハルでも」

「いいや。二つのことを短期間に僕らは必ずやり遂げる」

「二つ？」

一つ一つがあまりに大きくて、來大はさすがに抱えきれていないようだった。

「君の不正受給を無効化するために、助成金をある程度正当に使うこと。君のお父様を説得して、転校を阻止すること」

「すごいな。ハル」

とても自分には考えられないと、來大は目を瞠っている。

「元はと言えば」

元はと言えば。

言いかけて羽瑠も、元凶がなんなのかは判然としなくなった。

「写真展、やるね？」

確認のために、羽瑠が來大を見つめる。

「ハルはデジカメを使うか？　結局、何を撮る？」

「何が結局なんだ。僕は開催と経理を担当する」

「え？」

羽瑠には当然と思えることを言ったのに、來大は限界まで目を見開いた。

「そんな」

「今さっき君は僕が撮った写真を見てため息を吐いたよね。僕はスマホでさえ写真を撮らない。それこそ二週間で写真を展示できるものか。準備に徹するよ」

「だけど」

口ごもる來大の表情が、ここまでと違ってとても弱くなる。

何に狼狽(うろた)えているのかわからず、羽瑠は続きを待った。

待っているうちに、バラバラに聴こえていた吹奏楽部のロングトーンがきれいに揃い始める。

「ハルも、写真を撮って展示してくれ。それは確かに、この写真は初めてという感じが強いかもしれない。だけどこれは、俺を撮った写真だから」

「どうしたんだ、ライタ」

写真部としての展示に全くの素人の羽瑠が間に合うわけがないことを理解しながら、心と相反することを來大が言っているのはわかった。

わからないのは何故そんなことを彼が言うのかだ。

「理由を言うのは恥ずかしいが」

本当に恥ずかしそうに、來大が目を伏せる。

「個展なんて……それはとても、無理だ。俺の自意識が死ぬ」

途切れ途切れに紡(つむ)がれた言葉に、來大の心情を羽瑠はなんとか受け取った。

単に、自分の写真だけが展示されているのが、來大には耐えられないくらい恥ずかしいらしい。

「君にそんな高校一年生らしい心があって、なんだかやっとホッとしたよ」

「ハルも少しは俺に見せろ。そういうところ」

不貞腐(ふてくさ)れて、來大は口を尖(とが)らせた。

「何を言ってるんだ君は」

さて。

この友人とともにいる間に、殴らないでいられるか否か。

理性の王国の王としては、その王としての資質を限りなく試される初めての友だと、無理やりに羽瑠は口角を上げた。

文化祭の参加申請を済ませた翌日の放課後、羽瑠(はる)と來大(らいた)は体育館二階回廊(かいろう)に座っていた。

「ここでやるしかない」

文化祭は後十日と少しというところに迫っていて、展示室のキャンセルを羽瑠は期待したが展示可能な教室は全て使用が予定されている。

　今まで羽瑠は全く興味がなかったが、そうしたところは開智学園のとてもよい特性だと知った。高度に文化的な教育を重んじ、自由を尊重した結果、生徒たちの中に積極性と自主性を持った者が多く育っている。

「それはとてもいい。暗幕は張りたくない。この自然光の力を借りる」

　ガラス越しの美しい光を見上げて言った來大を、來大という人物だと羽瑠は思っていた。学校を変えても來大は変わらないと、來大を転校させようとしている彼の父親に疑念を抱いていた。

「力を借りる、か」

　やはり羽瑠には、來大は特別な芸術家に思える。

　けれどバスケ部の特待生として高等科から入学した來大の芸術性が芽吹いたのは、開智学園の校風と校舎が水や肥料を蒔いた可能性は否めないと、光を見上げて初めて思った。

「この美しい光は、窓を作る時に想像されていたんだろうか」

　想像できる者が美しさを「作る」のだろうとは、呟いた羽瑠にもわかる。

　僅かに色が入ったガラスから埃を煌めかせる光が入る二階回廊は、ずっとここで一人で過ごしてきた羽瑠だけでなく、來大にとっても気に入りの場所になっていた。

「展示室というより、通りたいと思ったら誰でも通れるように誘導しよう。体育館は吹奏楽部や演劇部が使用する時間帯もあるから。出入りする人が気づくように看板か張り紙を用意する」

「気づくように……」

來大の複雑でありシンプルな自意識は、「気づいてくれなくてもいい」と言いたいのをどうやらぐっと堪えている。

「問題は、どうやって百二十万使うかと。それから」

写真を撮ってその写真と向き合っている來大が他人の目を気にすることは、芸術家として完全に自我が固まっていないという意味で、むしろ羽瑠を安堵させた。

「助成金を使うことは、神鳥谷先生に報告しないといけない。いずれ突然知ることにはなる。その前になるべく穏便に伝えよう。本当は今日にも言った方がいいと、僕は思う」

「穏便に済む話か？」

問われて、それは羽瑠もイメージはあったが成功のビジョンは三割程度しかなかった。

もしかしたら他の教師なら上手くごまかせるかもしれない。だが神鳥谷はきちんと羽瑠を心配している。

ただ、生徒を見る目は不確かだったようで、「この子ならきっと大丈夫だろう」と信頼した北上來大の方に神鳥谷は現在窮地に立たされていた。

「オブラートに包んで、二人でやったことにしよう」

知らぬが仏とはこのことだと神鳥谷を思いながら、しかし來大の表出しにくい危うさに羽瑠は先に痛い目を見ているので顧問のことは何も言えない。

「どうして」

「こんなことを一人でやったと知る方が恐怖だろう」

「……なるほど」

恐怖か、と、似合わない若干の落ち込みを來大は見せた。

「写真部のものとして、カメラを一台。それと展示のための備品が、必要予算かな。カメラは君が選んで」

デジタルカメラでもフィルムのカメラでもどちらでもいいと、來大に告げる。何故なら今後少なくとも二年そのカメラを使うのは、羽瑠ではなく來大だ。

もし來大がここでフィルムのカメラを選んだら、羽瑠は家にあるデジタルカメラを親から借りて今回使おうと考えていた。

「性能のいい、使いやすいデジタル一眼レフにしよう。もしこれから部員が入ってきたとき、誰でも使えるような」

友人が当然のように利他的であることが、羽瑠にはとても好ましい。

「高いのを選んだら、十万くらいだ。もっと高いのもあるが、初心者向けじゃない」

「わかった。カメラに十万。展示のための備品も、ここに展示すると考えると十万掛かるとは思えない。後だいたい百万だ。何に使う?」

写真もやらなければ文化芸術的な展示もしようとしたことのない羽瑠には、使い道の見当はさっぱりつかなかった。委ねて、來大に尋ねる。

考え込む來大も、どうやら当てはない。

「まさかこの歳で百万円の使い道に悩むことになるとは……」

「とうとう言うが、誰のせいだ。ライタ」

「俺です」

とうとう言ってしまった羽瑠に、素直に來大は抱えた膝に額を打ち付けて頷いた。

「余ったら返納じゃ駄目か?」

投げ出したのではなく、真っ当に來大が尋ねる。

返納については羽瑠も、百二十万は使いきれない気がして今回の全容と前例を調べていた。

「返納は却って危険な気がする。ここは確信したら危ないところだが、きちんと文化芸術活動をやれば詳細の確認はされないと思う」

憶測だと釘を刺して、羽瑠は思うところを話した。

「どうして」

「元は文化庁から出ている予算だった。それを全国の高校に分配してる。採択数は、各都道府県中多いところでは十を超えていた。長野県も採択は七つだ。見には来ないよ」

「とはいえ使い込むのは論外だ」

学費にするか犯罪者になるかという選択肢しか持たなかった來大は、いざ展示をやるとなると羽瑠にはとても面倒な友人だ。

「それは僕も同意だけど。写真部の部室のために何か揃えるとか」

「今は後輩もいないし。永遠に誰も使わないかもしれないことに、国の予算を使うなんて」

「だから」

誰のせいだと言いたいけれど、來大のその真面目さを責めるのは嫌だ。

それに、普段ならそこまで固い來大が不正受給を目的として送信をクリックしてしまったのは、自分という友人といたいからだ。

嬉しさのようなものが湧いて、初めての他者との国交の複雑さに羽瑠が顔を顰める。

「寄付も違うか」

寄付という方向に行ってため息を吐く、言ったら整合性も何もない來大に友人として選ばれたことは、羽瑠には間違いなく誇りだ。

「いや。それはいい線な気がする」

誇りについてはそのうち言葉にして來大に伝えようと思いながら、「寄付」から羽瑠は百万円のなんとか収拾がつく使い方を考えた。

「写真でハガキを作ろう。取り敢えず何枚か。売上を寄付するという企画書を作り直す」

「売れないだろう……」

それが目のない人物を撮る自分の写真でも、ほとんど写真を撮ったことのない羽瑠の写真でも、売れないと想像する來大は現実的だ。

「だから、証拠として数枚作る。現像した写真をそのまま葉書にできるなら、そうしてほしい。架空の葉書作成代を計上して、売れなかったということで帳尻を合わせる。使わない百万円は何処かに寄付しよう」

正当なことではないので、その提案に來大が躊躇いを見せる。

「企画書にも書くし、筋道だけは通っている。君の言う通りだよ。予算書を合わせるためにいらない物を買うよりよっぽどいい」

「ああ……それはすごくいいな」

時間を掛けて、來大は羽瑠の提案を呑み込んだ。

「何処に寄付する?」

「チャイルド・スポンサーになりたい」

「僕らも国際的には結構チャイルドだと思うよ……」

何しろ学費のことに端を発してこんなことになっているのだと、遠くを見た來大に羽瑠は逆に地に足がつく。

「俺たちも子どもなら、子どもがいい。子どもの何か。外国でも国内でも」

「僕らのため、か。なるほど」

脇に置いていた鞄の中からタブレットを取り出して、羽瑠は検索をかけた。チャイルド・スポンサーは恐らく無理だ。自分たちがチャイルドなので。

「難民キャンプにしようか」

「それがいい」

「なるべくまっすぐ届くルートを検討しよう。後、匿名が可能かどうか」

今どき百万単位の送金が匿名でできるものなのか、そこが難題だと羽瑠は気づいた。

「国内で何処の施設に定めて、僕らでそっとポストに入れてくるのがいいかもしれないよ。文化祭が終わったら」

その旅を、羽瑠が僅かに夢想する。

長い時間來大は、力の籠ったまなざしで隣から羽瑠を見ていた。

「ハル。これはとても」

熱を帯びた声が、上手く言葉を探せない。

「とてもいい」

けれど來大の熱が上がるのもよくわかるし自分もまたそれが幸いで、羽瑠はどんな顔をしたらいいのかわからなかった。

「そうだな。とてもいい」

同じ言葉を、ただ繰り返す。

「さて」

見せかけの予算書と企画書は作れそうなので、悲劇の顧問神鳥谷に打ち明けに行くかと、それは羽瑠も腰が重かった。

立ち上がろうとしたところに、軽い足音が響く。

間が悪く、その神鳥谷の人権を巡って三年間羽瑠に挑みにくる座敷童(ざしきわらし)が二階回廊を訪れ、視界に入るぎりぎりのところに座り込んだ。

「……今日は、議論の日か？」

膝を抱えて顔をそこに伏せた二年の榎本由麻(えのもとゆま)に、來大が小声で羽瑠に問う。

「それは彼女が決めることだ。短くともだいたいひと月は空くから、違うと思うけど」

それに今日は彼女に付き合えないと、羽瑠はここを去るためにタブレットを鞄に入れた。

「前も言ったけど。榎本先輩の写真を撮るなら僕は退場するから」

ここにいるときの彼女を撮りたい來大が、うずうずし始めたのがわかる。

校内で級友たちといる由麻は、ステレオタイプの女子高生像だ。長い髪を巻いてスカートを短くして、楽しそうに高い声で笑う。

「オレ聞いちゃったー。中等科の佐原(さはら)と神鳥谷の噂」

下の体育館から、とてもよくない言葉が飛んできた。

「おまえ外部生だっけ？　定期的に出るな、その話。古い噂だし、あんまり盛り上がんないやつだぞ」

どうも男子バスケ部の部員がコートに、外のランニングから戻ってきたようだ。

「えー。オレ今日聞いたのに。なんだよそれ」

どの場面、誰の前でもよくない言葉だ。

だがこの二階回廊に言葉が聴こえてくるのは、古くはバミューダトライアングルに飛び込んだ飛行機よりも呪われていた。

「佐原って、佐原リゾートの佐原なんだろ？」

何人で話しているのか、何処に行くのか、羽瑠は由麻と來大の両方を見張りながら階下の話を聞いていた。

「自分は三男坊なので無関係です。って言ってたぞ、中等科の時」

「三男かー。それは関係ないな確かに」

「でも親気の毒じゃね？」

その一言に、三人ともが心を零度より下回らせて、二階回廊が突然真冬のように冷え込む。

いや、凍り付いた。

「知らないよ、人んちの親のことまで」

どうもその話の輪の中には、流れを止めようとしている者もいるのがわかった。聴いている羽瑠にもそれはとても大きな救いだ。

そもそも開智学園は、人権問題やジェンダー論の教育が進んでいる。

「神鳥谷があれかなあ。彼女的な？」

「まあ、見たままならそうだろうな」

だが教育していても高校生ではまだまだどうにもならないところもあると、二階回廊で知ることになった。

「どうでもいいって、人のことだろ。もうよせよ」

止めようとしてる者は、声で一人だとわかった。苛立っているが真摯だ。

「俺イケるかも」

「うわマジで？　おまえ」

「俺絶対無理！」

「いやー、やればできるっしょ」

まずいことに、羽瑠、由麻、來大の全員がしっかりと聴いてしまった。

ここにいる三人全員が、それぞれ大きな地雷を踏まれている。ところが恐らく、一つ一つ地雷は違った。

「待て、ライタ！」

羽瑠が來大を止めている間に、羽瑠や來大とは違うところに巨大地雷が埋め込まれていた由麻が立ち上がる。

駆け下りる彼女のために、羽瑠は後を追った。

「誰、いま言ったやつ！」

パス回しを始めたバスケ部の輪に向かって怒鳴った由麻を、しかし羽瑠は援護するつもりはあっても止める気はサラサラない。

「何を」

「何が」

キョトンとして、背の高い部員の何人かが由麻を見た。

後ろからきた來大を、羽瑠が掌（てのひら）で止める。來大はバスケ部と揉（も）めてやめているので、論旨がずれることを危ぶんだ。

「でも親気の毒じゃね？　と、神鳥谷がイケるかどうかよ！」

「あの、本当に申し訳ない。自分が注意しておくので」

ボールを置いて由麻を見た部員が発した声は、終始止めていた者の誠実な声だった。

「何を注意するんだよ。親の心配してやったんだぞ？　気の毒だろうが、佐原リゾート……っ……！」

誰にも止める時間はなかった。

由麻は軽やかに走ると自分より二十センチは背の高いバスケ部部員の襟首（えりくび）を掴みながらジャ

ンプして、思い切り拳(こぶし)で頬を殴りつけた。

「てっめえ……っ」

部員たちの目の前で女子に殴り倒された部員が、咄嗟(とっさ)に由麻に摑み掛りそうになるのを、止め役だった部員が抱え込む。

「放せっ」

「何してる！　コラッ！　やめないか!!」

慌ててバスケ部の顧問が走ってきた。

年配のバスケ経験者である顧問は、特待を蹴って部をやめた來大を覚えていて取り敢えず睨(にら)む。

「こいつが突然殴ってきたんすよ！　自分なんもしてないっス!!」

殴られた頬に顔を顰(しか)めて、抑え込まれている部員が由麻を指した。

「ライタ、君が出てくると榎本先輩の行いの意味が変わる。バスケ部だから」

一歩來大が踏み出したのがわかって、羽瑠が小声で告げる。

「そうか。矮小化(わいしょうか)されるな」

物わかりよく察して、無関係と言えるゾーンまで來大は下がった。

「いきなり殴るとはどういうことだ。訳を言いなさい！」

あきらかに酷(ひど)く殴られた痕(あと)が自分の部員の頬にあって、年配の顧問が由麻に声を荒らげる。

男に大きな声で怒鳴りつけられて、肩で息をしていた気丈な由麻の体が揺れた。

体育館に響き渡るように、羽瑠は大きな拍手をした。

呆気に取られて、当事者も、事態を物見高く見ていた体育館の人々も、ロングジャケットを纏(まと)った場違いな羽瑠を見る。

「他人の暴力に拍手を贈るのはこれが初めてです。暴力はいただけませんが」

そんなに長い人生とはまだ言えないので、初めてではあるが最後ではないかもしれないと、羽瑠は思った。

何しろ国際的には、チャイルドだ。

「榎本先輩の怒りは正当です。ここにいるバスケ部の皆さんは、佐原先生と神鳥谷先生のことを激しく侮辱しました。その、殴られた人物を取り押さえていた方(かた)を除いてです」

国内的にも実はチャイルドであると、羽瑠には自覚が足りない。

「彼だけはその侮辱を止めようとしていました。僕も一部始終聞いていました。証言します」

「侮辱って……ふざけただけだろ！」

「そうだ。雑談だよ」

「もともと開智(かいち)にずっとある噂話だ！」

殴られた部員だけでなく、その話に乗っていた者たちが自己弁護に走った。

「今声を上げた皆さんは、佐原先生のご両親も侮辱しました。佐原先生のご実家についてのプライバシーも激しく侵害していました」

「実家の話は佐原が自分でしてたんだ！」

最も侮辱した相手を由麻はきちんと選んだようで、頬を押さえて部員が叫ぶ。

「ご自分の親御さんが気の毒だと、佐原先生が自らおっしゃったんですか？　本当ですか？」

「まあ……うちの部員にも問題があったようだ。ここは痛み分けで」

危機管理能力だけは随分立派で、なあなあに収めようとした顧問では話にならないと、羽瑠は判断した。

当事者の由麻を見ると、まるで気が済まずまだ部員たちを強く睨みつけている。

できるなら言葉を覚えてほしいというのが、今現在の羽瑠の、榎本由麻への唯一の願いとなった。

「誰と誰で痛み分けなんでしょう？　ご納得がいっていますか？　榎本先輩」

「ぜんっぜん！」

語気荒く、やっと由麻は声を発した。

「では仕方がないので全員で校長室に行きましょう。間違った判断があっては絶対にならない問題です。開智はこうしたことを見過ごさない校風だと、生徒の一人として自負しています」

特に愛校心はなかったが、開智学園が発達した社会教育を徹底していることは羽瑠でなくても皆知っている。

「差別による侮辱に対して、榎本先輩は暴力という形で制裁をしました。暴力はよくないでしょう。ですがそこに引き金となった差別があったことは、自分も証言します」

さあ行きましょうと口角を高く上げる羽瑠の言葉に、誰にも逆らう理由は見つけられなかった。

男子バスケットボール部によるジェンダー中傷事件、及び高等科二年榎本由麻(えのもとゆま)による暴力事件は殊(こと)の外大事(ほかおおごと)になった。

否(いな)、羽瑠(はる)が意図的に大事にして、文化祭を十日前に数える木曜日の放課後、高等科全校生徒が体育館に集められた。

中等科にはきちんと高等科でけじめがつけられたという事実が伝えられればいいというのが、スクールカウンセラーを交えた教員サイドの判断だった。

「毅然(きぜん)としてるな。榎本先輩」

同じクラスなので羽瑠の近くに無理やり座った來大(らいた)が、由麻を遠くに見つける。

「こんなに遠くてはわからないよ。彼女の心の中は」

当事者の名前は一切明かされず、けれど神鳥谷の名前だけは出て「こうした差別からくる中傷と、そこから派生した暴力があった」ということが既に学園長から全校生徒に語られた。二度とあってはならないという主旨の、しっかりした演説だった。

ここまで大事になることは、神鳥谷も佐原も望んでいないだろうと羽瑠は思ったが、申し訳ないとは思わなかった。

神鳥谷と佐原に纏わるジェンダー的な侮辱は、開智学園に巣食う膿だと羽瑠は捉えている。絶え間なく誰かがそっと、何処かで時折学園内にいる二人を中傷している。届かない、または傷つけないと高を括っているのか、教師だからいいと思い込んでいるのか。

発端を作った由麻と、羽瑠は中等科の時から三年間向き合い続けてきた。

別に誰のためでもない。羽瑠はこの膿が大変気に入らなかった。謂わば独裁的な判断で、今回機会が巡ったので刃を入れた。

「え……」

「わ」

「ちょっと」

ざわついていた体育館に、驚きの声が方々から上がる。

本当の当事者、神鳥谷が、朝焼け色のとても美しいドレスを纏って上手から壇上にゆっくりと現れた。

真ん中にある演台の前で、彼はヒールを履(は)いた爪先を止めた。

一度もそんなことを思ったことはないが、羽瑠は神鳥谷を美しいと思った。ドレスのせいではない。容姿でもない。

美しい人だ。そして彼という人を見縊(みくび)っていた自分を、恥じることとなった。

「こんにちは」

落ちついた声で、神鳥谷は高等科の生徒全員に挨拶をした。

佐原を探して体育館を見回していた生徒たちが、静まる。

佐原は体育館の一番後ろに、平然とした顔をしていつもの眼鏡をかけて座っていた。

「中等科社会担当の、神鳥谷等(ひとし)です。今回は僕のことが発端となって大事になってしまいましたね」

語りかける神鳥谷の声が、やわらかだ。

「大事になってしまいましたが、僕は謝りません。職員会議でも一切謝罪はしませんでした」

羽瑠が知る限り、神鳥谷がこういう時に謝らないというのは考えにくい。

けれど職員席に座っているバスケ部顧問が酷(ひど)い仏頂面(ぶっちょうづら)だったので、恐らく顧問が先に何か侮辱的な言葉で謝罪を求めたことにより、神鳥谷の腹が据わったのだろうと想像がついた。

「事件の原因になったことについては、僕は話したくないので話しません。覚えておいてくだ

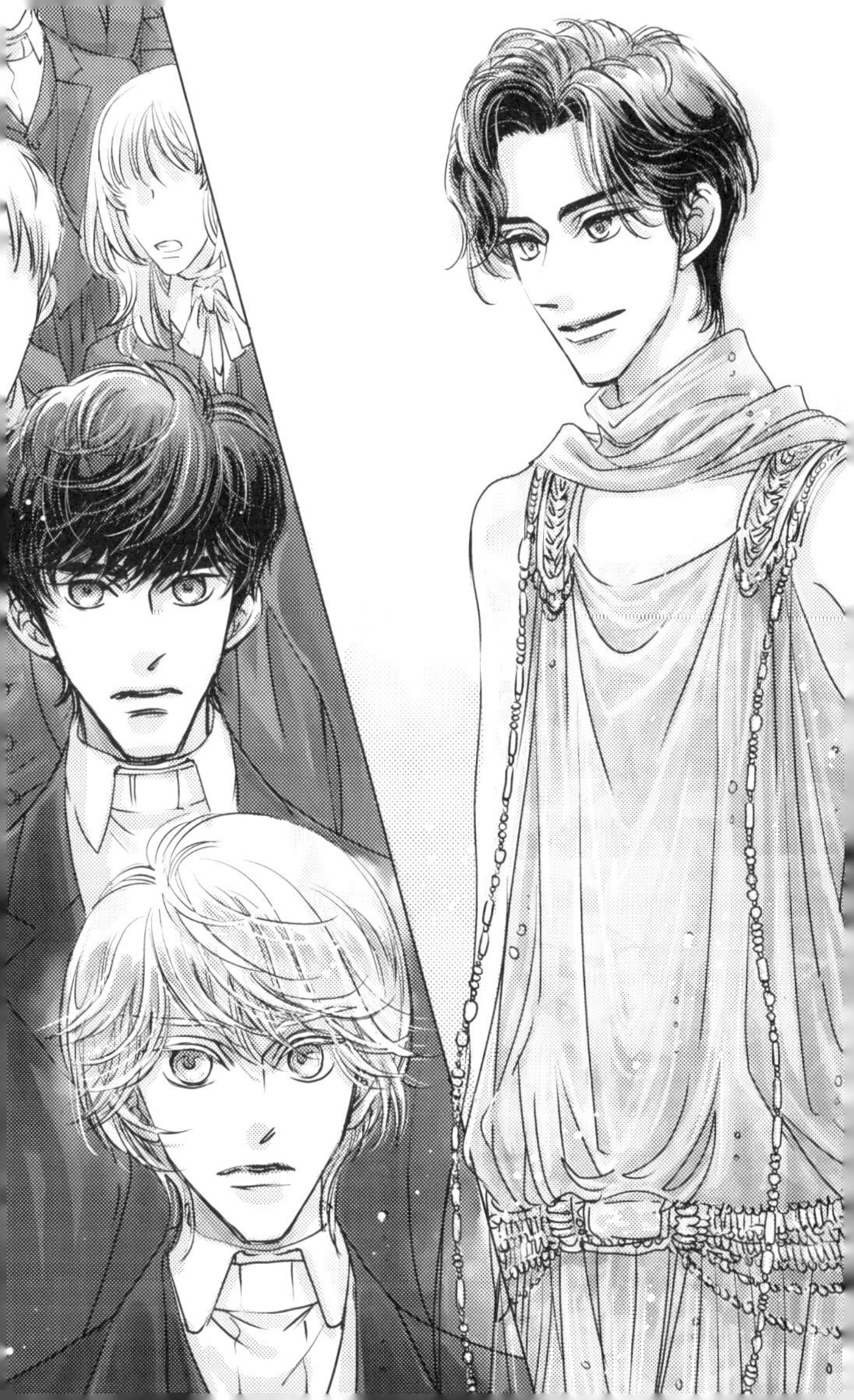

さい。打ち明けないのは、僕が当然に持っている権利です」

佐原とのことには触れないと、神鳥谷は決めたようだった。

それはもしかしたら、神鳥谷にとっても佐原にとっても、大きなことではないのかもしれない。

「侮辱も、暴力もよくはないです。何故（なぜ）、人はそうしてしまうのか。理由はいくつもあります。その中の一つに」

なら彼らにとって何が大きなことなのか、羽瑠にも來大にも、誰にも、まだわからなかった。

「感情を言葉にできないという理由が、きっとあるのでしょう」

由麻の方を、神鳥谷は見つめて笑った。

当事者を明かさない前提だが、この体育館の中に当事者を知らない者を見つける方が困難な状況にはなっている。

「ですから、言葉にしていきましょう。言語化できるようになりましょう」

だからきっと神鳥谷は、何も由麻のせいではないと、由麻にも、そして全員に伝えているようだった。

「みなさんと同じ年頃には、僕は美しいワンピースが着たくて着たくて自分のことを頭がおかしいと思って。言葉にするどころではありませんでした。自分の心を閉じ込めていました」

朝焼け色のドレスは、ただ美しい。

「そして初めての友が着せてくれるまで一度も、ワンピースを着たことがありませんでした。このワンピースはその友人がくれたもので、彼が死んでしまって以来、五年ぶりに着ました」

ワンピース、と神鳥谷は繰り返すが、それは誰が見てもドレスだ。

「五年はとても長かった。五年前の僕は、こんな風に大勢の皆さんの前で彼がくれたワンピースを着ることなど……全く想像していませんでした」

だがきっと、神鳥谷の話には一つの嘘もない。

神鳥谷にとってはそのドレスが「友がくれたワンピース」だということを、多くの生徒が知った。

「僕自身たくさんのことを考えた五年でしたが、社会的にも多くのことがあって世界は変わりました。濁流のように変化しています。今も」

ゆっくりと紡がれていることは、多かれ少なかれ一人一人が実感している。

世界は、急激な速度で変化していた。本当にこれは進化なのかと、戸惑う者もいるだろう。何しろ速すぎる。

「濁流のような変化の時を、僕はみなさんとともに生きていると感じています。流されてしまわないでください。僕も、流されないように必死です」

言葉を止めて、全員の目を見るように体育館の中を、神鳥谷は見渡した。

そこには中傷した部員も、止めた生徒も、隠蔽しようとした顧問も。

神鳥谷や佐原についてだけでなく、その流れに寄り添えず誰かを侮辱した記憶がある者も等しく存在している。

「濁流を泳ぎ切りましょう。自由を泳ぐのはとても難しい」

大きな声を神鳥谷は張らなかった。

「ジェンダー論、社会学についてはこの学校では全員が学んでいますね。これからのクラスもあるかもしれません。それは、各自必ず勉強してください。そうしたことがクラスで当たり前に話される時代がきました。素晴らしいことです」

素晴らしいことだと、それだけははっきりと神鳥谷が言う。

聴いている羽瑠に、異存は全くなかった。

「今日は、僕のワンピースの話をします」

一瞬、神鳥谷は目を伏せた。纏っている朝焼け色を見つめている。

そして小さく息をついて、彼は顔を上げた。


「とても、心が動かされた」

クラスごとに誘導されて順番を待って体育館を出て、夕暮れの中で來大(らいた)が言った。

友人の來大がそう言うので、この心の動き方でいいのだと、羽瑠も思えた。

五年前に亡くなったという友人に出会ってからの十二年。いや、生まれて三十年近くのことを、短く神鳥谷は語った。

ワンピースが着たくて堪らなかった。とてもきれいだった。誰にも言えずに俯いていた大学一年生の夏に出会った同級生に、その気持ちを気づかれた。

今も人と違うことは怖いけれど、自分にワンピースを着せてくれた彼が世界からいなくなってしまった五年前に、もう自分を否定しないと決めた。

そう、神鳥谷は言った。

「だからみなさんも自分を、他者を、どうか否定せずに……か」

何人が今日の彼の言葉を覚えていられるだろうと、羽瑠は夕暮れに帰宅する生徒たちを見渡した。

泣いている者もいたが、つまらなそうにしている者も、受け止められずにそれこそ否定的に感じている者もいるように映った。

けれどそれこそが多様で、人なのかもしれない。

「また、いくつかのネガティブな出来事を経ないといけないんだろうか。僕らは」

独り言ちた羽瑠を、問うように來大が見た。

「神鳥谷先生が言ったように、今は泳ぎ切れないような濁流の時に僕にも思える。#MeToo運動、ブラック・ライブズ・マターの広がり。日本では、二〇一五年アウティング事件。二〇一八年衆議院議員による優生思想論文の公表。二〇二一年元首相による女性蔑視発言。時を変えてきた出来事は、ほとんどがネガティブな出来事で。今日も、そうだった」

今日の結果に至るまで自分が敢えて大事にした自覚が、羽瑠にはあった。後悔はしなかったが、胸の空くような晴れ渡る思いはない。

「……謝りたい」

覚えず、そう言葉が口を衝いた。

自分の言葉が聴こえて、羽瑠は自分が俯いていたことにも驚いた。

理性的な思考に感情が追いつくことも追い越すことも不可能だと、羽瑠はずっと信じていた。善いことだと思っているわけではないが、悪いことだと思うこともない。

感情が動かないことを足りないとは思わなかったが、感情は皆が持っているものなので知ろうとはしていた。

「俺には何も判断できない」

隣にいる來大は、羽瑠が誰にどうして謝りたいのかわかっている。

理性に従って行動した結果について、羽瑠は謝罪したいと願っていた。

「二戸くん。北上くん」

とりあえず部室棟に行こうと二人が帰宅しようとする人の流れから外れたところで、ジャケットに着替えた神鳥谷に声を掛けられた。

いつもにはない驚きを得て振り返ると、神鳥谷の傍らには佐原（さはら）が立っている。

「君が、僕の名誉を守ろうとしてくれたそうだね。ありがとう」

それを言うために神鳥谷が自分を探していたと知って、羽瑠は謝ろうと決めた。

「先生。僕は」

「あ、いいよ。あの、君が三年前ちゃんと状況を把握していたのも覚えてる」

謝ろうとした羽瑠に、神鳥谷が手を振る。

事の発端となった神鳥谷と佐原の噂は、三年前、羽瑠が中等科一年の時に、由麻（ゆま）が流した。

――噂なら僕も知ってますが。あまり、信じられません。

由麻が佐原を追い回していたことが先だったのもあって、そういうことなのだろうと二人に告げ、後に羽瑠は由麻を直接非難した。

「曖昧（あいまい）にしてきた僕らもいけなかった」

「セクシャル・マイノリティ当事者に、申し訳ないとは時々話していたんだ」

神鳥谷と佐原は、何よりその嘘をすまなく思っているようだった。

その嘘を知っていたからこそ、羽瑠は今回不愉快な膿（うみ）を出し切ろうと事態を大きくした。神鳥谷と佐原を、傷つける可能性を低く見積もった。

ところが神鳥谷は、羽瑠の全く知らない彼だけの何かを抱えていた。

それを暴きたてることになったのは、羽瑠には全く本意ではない。

「やはり謝らせてください、神鳥谷先生。大切なドレス……ワンピースで全校生徒の前に立たせることを、僕は望みませんでした。申し訳ありませんでした」

まっすぐ謝って、羽瑠は頭を下げた。

「……ありがとう。真摯な謝罪は受け取らせてもらうよ。だけどどうして北上くんも謝るんだい？」

神鳥谷が尋ねるのに、頭を下げたままだった羽瑠は、隣で見て聴いていた來大もそうしていると、初めて気づいた。

「羽瑠は、断罪を意図したかもしれません」

見ると、來大が羽瑠とともに顔を上げる。

「自分はバスケ部と関係がよくないので今回は関わりを控えましたが、気持ちは同じでした。そして自分も、羽瑠と同じように先生の大切な話をさせてしまうことは想像しませんでした」

丁寧に、ゆっくりと、來大は一つ一つ言葉を選んだ。

それは來大にとっては、偉業だ。

——言葉にしていきましょう。

誠意で神鳥谷に応えたのだと、羽瑠はなお、友を信頼した。

「北上くんも、ありがとう。やっぱり、友達ができたんだね。二戸くん」

中等科一年生の時からずっと羽瑠を心配していた神鳥谷は、羽瑠が來大といることがとても嬉しそうだ。

「僕はずっと一人で目の前だけ見ていたんだけど、大学に進学して親友に出会うまで。君たちはもっと、悩まなくてもいい時を生きられるのかもしれないね。よかった」

羨ましい、とは神鳥谷は言わない。それは心からのよかったに、羽瑠にも來大にも聴こえた。

「……自分が口を挟むのはとても差し出がましいですが、本当のことは話されないんですか」

そのことに今日全く触れなかった神鳥谷と佐原に、遠慮がちに來大が問う。

「最初に嘘を吐いたから、八方丸くと都合よくはいかないし。せめて、もしこういう形でも一人でも多くの生徒の役に立っていたら嬉しいんだけど」

曖昧にしてきた時間が三年に及んだ結果、簡単に本当のことを言える状況ではなくなったことは、神鳥谷も佐原も後悔しているようだった。

今回は特に、本当のことを言ってしまうと、自分たちのために憤った由麻を追い詰めてしまうことになる。

長すぎる沈黙は事態を膠着させると、羽瑠も來大も知ることになった。

「とても大切な授業でした。俺はこの学校でまだ勉強したいです。そう思いました」

深追いはせず、來大が神鳥谷に頭を下げる。

「神鳥谷先生のワンピースを贈った友人というのは」

ふと、躊躇(ためら)いながら佐原が口を開いた。

「俺の兄なんだ」

打ち明けてくれた佐原の声が、僅(わず)かに掠(かす)れる。

それがどういうことなのか、羽瑠にも來大にもわかりはしない。だから嘘の噂に黙っているという理由の話だとも受け取れない。

大切なことを教えられた。

それに応える言葉は、残念ながら羽瑠も、來大も、まだ持たない。

「なんだか」

苦笑して、とても愛おしそうな声を、神鳥谷は聴かせた。

「君たちくらいの年齢の頃は、僕は膝を抱えるような思いで嘘ばかりついていた」

きれいなグラデーションの夕暮れを、人差し指が示す。

「あの中の、消えていく淡いピンク色が大好きなのに。夜になる紺色のランドセルで小学校に通ってね」

指差された夕暮れをほとんど無意識のように羽瑠も來大も振り返ると、そこには確かにどの色も美しい光があった。

「それで、自分の事ばかり考える時間を長く過ごした」

「後悔してるのか？　等(ひとし)」

ふと、答えを知りながら佐原が神鳥谷に問う。

「してるわけないだろう」

すぐに、神鳥谷は笑って答えた。「真人に出会えた」と、佐原に伝えるためだけに小さく神鳥谷が呟くのが、僅かに羽瑠にも聴こえる。

真人というのが、神鳥谷の友であり佐原の兄で、とりあえず五年前からこの世界にはいないとだけはわかった。

「僕は、道に迷っていてよかったと思ってる。でも、迷わなくていいならまっすぐいきなさい」

もちろん部室棟のことを、神鳥谷は言っていない。

「……佐原！　神鳥谷！」

探して走ってきたのか、激しい勢いで由麻の声が響いた。

息を切らして、いつでもきれいに整えている髪を振り乱して、由麻が全身で息をしている。

「あんたたちの嘘、そのままにするの⁉」

自分のために今日真実が語られなかったことに、由麻の声が戦慄いていた。

「それあたしのせいじゃん」

夕闇の中で、それでもまっすぐに由麻が二人の教師を見る。

「あたしのせいじゃん。あたしの……本当にごめんなさい……っ」

言い切った由麻は、涙を隠すために体を前に折った。

唇を噛み締めて、神鳥谷も佐原も、由麻を見つめていた。何度も手を差し伸べようとした。長くはその心を待たせず、神鳥谷が由麻に、ハンカチを渡した。

「三年前は僕らも経験が浅くて、あんな稚拙な嘘でなんとかするしかないと思い違えていたんだ。榎本さん。君がちゃんと、考え続けてくれることを、わかっていなかった」

「……ごめんな。榎本」

神鳥谷の声に重なるように、きっと最も迷惑をしたはずの佐原が由麻に頭を下げる。

「なんであんたたちが謝るのよ……あたしが……」

泣いて、由麻は満足に話せなかった。

男性教諭であり由麻と一度問題になっている佐原はさわることはできず、自分なら由麻の涙を拭いてやってもいいのだろうかと羽瑠は思ったが、きっと彼女が望まない。

榎本由麻は、いま一人で立っている。

「君に嘘を吐いた時、僕らは種を蒔いたと思った。だけど」

突然神鳥谷が言った「種を蒔く」という言葉の意味は、三人の生徒にはすぐにはわからなかった。

「花が咲くところを見られると思わなかったよ」

そう言った神鳥谷が声を詰まらせるのに、由麻という花を、羽瑠も、來大も見つめた。

「俺もだ。榎本」

穏やかな、やわらかな佐原の声を聴いて、由麻は涙を拭って顔を上げた。

ここは、誰も通らないわけではない。

部活に出る者、裏門から帰る生徒、通る者が皆立ち止まっている五人を見て行った。時には不躾（ぶしつけ）な視線だったが、羽瑠は意に介さない。きっと、來大も。由麻は今それどころではない。

「君たちは、人と違うことを恐れないんだね」

そのことに、神鳥谷は気づいたようだった。

「君たちはみんな尊く」

穏やかな声に、神鳥谷もまた三年前とはもう違う人だと、羽瑠も知る。

「時は、本当に素晴らしいものです」

知ると同時に神鳥谷もそう言って、「気をつけて帰りなさい」と告げられた。

羽瑠、來大、由麻がそれぞれに歩き出すまで、二人の教師はそこを動かないつもりのようだ。

見送られて、三人はそれぞれに、一歩目を踏んだ。

とはいえ羽瑠(はる)と來大(らいた)は、早速神鳥谷(ひととのや)に迷惑をかけなくてはならなかった。

「取り敢えずそれは、昨日じゃなかった」

さりとて日もないので翌日の放課後、羽瑠と來大は道路を渡って中等科の校舎に向かっていた。できることは被害を最小限に食い止めることだけだ。

「ハル、おまえは時を見るけどたいてい合っている気がしない。昨日は合っていた」

中等科校舎が高等科と正対称なので、來大は校内を見回している。

「ライタが前に言った、今日は多い、は合ってたな」

その指摘は腹立たしく、羽瑠はもう随分前に思える体育館二階回廊(かいろう)を思い出していた。座敷童(ざしきわらし)のように膝を抱えて座っている由麻(ゆま)が、立ち上がり羽瑠に議論を吹っ掛けた日だ。

そのことに、來大は感じ入っていた。

三年間コツコツと続いた由麻との対話は、けれどもう終わった。昨日由麻は、一つのピリオドをつけた。そのピリオドには、羽瑠も來大も敬意を持っている。

「昨日は神鳥谷先生も大変だったろうし、僕らもとても多くを学んだ。だから精一杯ごまかそう。いいね」

ごまかそうなどという言葉に普段なら容易に是と言わない來大も、昨日の今日なので社会科準備室の前で深々と頷く。

ノックをして、中から「どうぞー」という神鳥谷の朗(ほが)らかな声を聞いた。

「失礼します。高等科の二戸（にと）です。昨日はありがとうございました」

「北上（きたがみ）です。昨日は本当に大切なお話をありがとうございました」

心からの言葉をそれぞれが言って、頭を下げながら開けたドアの中に入る。

デスクと窓、本棚のある社会科準備室はさほど広くはなかった。

「君たちか。わざわざ中等科まで……」

やはり昨日のことは大層な疲れとなったのか、ジャケットの代わりにカーディガンを着た神鳥谷の顔には疲労が映っている。

「写真部の文化祭参加のことで、少し」

本当は少しでもなんでもない。肝心な部分をごまかすために、羽瑠はとても読み切れない企画書と予算書を用意していた。

「もうすぐだね。本当に名ばかりの顧問で申し訳ない」

不意に神妙な顔をして、神鳥谷は窓際にあるデスクから立ち上がった。

「コーヒー飲む？　インスタントだけど」

問われて、羽瑠と來大で顔を見合わせる。

「いただきます」

何かしらのあたたかい飲み物は、自分たちよりきっと神鳥谷に必要だろう。

「座ってて」

椅子を二つ用意されて、神鳥谷の事務椅子に向き合う形で羽瑠と來大は座った。

程なく、マグカップに入ったコーヒーが羽瑠と來大に渡される。神鳥谷への生徒の訪れは、もともと多いのかもしれない。

マグカップの色は、何色にでも染まれる白だ。

「僕が部員になったのも先日ですし、申請はしましたがもう場所がなくて。体育館二階回廊を使わせていただくことにしました。事後報告になってしまってすみません」

一息に羽瑠が、なるべく多くの情報を羅列する。

「役に立たない顧問の僕がいけないんだよ。本当にね、いけない」

何故(なぜ)だか神鳥谷の表情は、昨日よりずっと悲愴だった。

「そんなことはないです。顧問がいてくださらないと活動はできませんから。ねえ、北上くん」

「はい。二戸くんの言う通りです」

まるでＡＩのように、來大が言葉を紡ぐ。

「こちらが企画書と、予算書になります。後程で構いませんので、目を通していただけますか？

が、で意図的に羽瑠は言葉を切った。

それから、先生のところにその予算取りのことで何か連絡があるかもしれませんが」

「処理は終わっています」

「ちょっと待っててね。目を通すから」

企画書の方を、先に神鳥谷は読んだ。

売上を全額寄付する葉書の作成については、丁寧に触れてある。問題はそこに百万近い予算を掛けることだが、それは予算書の方に分散して記載した。フィルム代、用紙代、プリント代、加工代、使わないがフレーム代、写真立てと、それはもう細かに百万円を広範囲に薄めている。

「すごいね。二階回廊で写真展はとても合うだろうし、企画が細やかだ。二戸くんが？」

「はい。僕が北上くんの写真が好きでつい。それでこういうことになりました」

超要約を羽瑠は試みたが、嘘は吐いていない。

受け入れるのに時間が掛かったが、來大の写真が羽瑠は好きだ。

「友達って、とても楽しいものだよ。二人とも、本当によかった」

顔を上げて、羽瑠と來大に神鳥谷が微笑みかける。

「では、写真展を文化祭に合わせて、文化庁と長野県後援で開催しますね」

サラッと羽瑠が筋を通すのに、隣で來大は迂闊に目を剝いていた。

「うん。素晴らしいことだね。それで」

顧問に見せる予算書からは敢えて、累計予算を抜いている。

「どっちが勝手に申請したのかな？　これは」

学校宛に最近届いたものと見られる、「長野県高校総合文化芸術支援委員会」から届いたA4の封筒を神鳥谷は二人の前に出した。

「自分です」

二人でやったことにすると言った羽瑠の言葉を忘れたわけではないだろうが、反射で來大が自首してしまう。

「予算書を作ったのは僕です。文化祭で使い切ります。僕や北上くんが使い込むということは絶対にありません」

懸念するポイントはそこだろうと、羽瑠は素早く説明した。

神鳥谷は、一見抜けて見えるところもある。だが抜けていようがいまいが、この封筒が届いたらその強張った表情にもなるだろう。

「百二十万かー。文化祭で、部員二人になったばかりの写真部が百二十万の文化庁後援事業の写真展……はは」

精一杯笑って、神鳥谷は両手で顔を覆った。

「なんて油断ならないんだ君たちは」

その言い分については、羽瑠にも來大にも反論は見つからない。

「責任は自分にあります。きちんとした文化芸術費に企画も予算も正してくれたのは、二戸くんです」

「友情から思わず叩き出した企画と予算です」

來大の誠実な言葉に、羽瑠なりの誠実を重ねた。

なんとか顔を上げて、神鳥谷は二人をじっと見た。

「駄目だ。目を見たって信じていいかどうかなんて判断できない。僕が放任顧問だったことについては、責任を取る準備はある。だが、どうしてこうなったのか要約しないで説明してほしい」

言葉を、彼は求めている。

羽瑠はもともとごまかすつもりだった。それは大変彼を見誤った考えだったが、神鳥谷の心労を思っての部分も多分にあった。

何が彼にとって必要な誠実なのかは、今知った。

隣の來大を見ると、羽瑠と同じような顔をしている。

「ライタ」

君の持っている事実をごまかさずに全て話したらいいと、羽瑠は促した。

來大が全身で安堵の息を吐くのがわかる。

「申請してしまったのは俺です。自分の責任でスポーツ特待の奨学金を外されて、開智はやめるしかないと思っています。それでも」

羽瑠と友人になってしまって。

それで感情を制御できなかった自分を來大が真摯に語るのを、隣で口を挟まずに羽瑠は聴いていた。

写真を撮らせてくれる人物を短期間で見つけることは困難だと冷静な判断をして、來大は今ある写真の整理と焼き直しを始めている。

羽瑠は早速來大が選び抜いた使い易い新品のデジタル一眼レフで、写真展用の写真を撮り始めた。

「僕はデジカメだから、現像はコンビニじゃ駄目かな？　かなり大きくできると初めて知った。文化祭まで後一週間ないし」

放課後の写真部部室で、取り敢えずコンビニでプリントしてきた自分の写真を机に並べながら羽瑠が來大に尋ねる。

意外ではなかったが、事の成り行きと、「必ずきちんと与えられた予算を使い切る」という羽瑠と來大の言葉を、神鳥谷は信頼してくれた。

そして今後は顧問として尽力するとまで誓っていた。

「……デジカメで撮影したものを紙に焼くことは、現像とは言わない。撮影したＲＡＷ形式の未加工データを、専用のソフトを使って処理することを現像と言う」

「初心者にもわかるように喋ってほしい」

「要は、今ハルの手元にある写真は現像したものじゃなくてプリントしたものだ。もっと拡大するかもしれないし、せめて写真屋に頼まないか？」

初心者の羽瑠にも選択の余地をくれながら、來大はちらちらと見ていた羽瑠の写真の前に意を決したように立った。

「見ていいか？」

「もちろん。一週間後には展示するんだし」

見られることに対してなんの躊躇も、羽瑠にはない。そこに羽瑠の自意識はゼロだった。

だが一枚一枚丁寧に、來大は写真を見ている。癖なのかコンビニで試しにプリントしたものなのに、指紋をつけないよう気遣って端を支えるように持っていた。

長い沈黙が流れて、どうしても我慢ができなかったのか來大が大きなため息を吐く。

「猫が歩いている」

「うちの近所に、地域猫がたくさんいるんだ。松本の城下町の景色によく溶け込んでいる」

とりあえず被写体は統一しようと考えて、羽瑠は無難に近所で見かける地域猫を撮影していた。本来なら個人情報になり得る背景は消したかったが、羽瑠の自宅は松本城にほど近いので観光名所でもある。

絵になるし、多くの人が知っている景色なので個人情報的にも問題ないだろうと判断しての、猫だった。

「指南があるなら聞くよ。あと一週間で展示だけど」

「何から言ったらいいのかわからない。写真に対して自意識はないのか？　松本猫歩きは、俺の知っている二戸羽瑠的じゃない」

技術に何か言っても仕方がないと判断したのか、凡庸な猫写真に來大が苦言を呈する。

「その自覚はあるが、僕らしい写真を一週間で撮れるようになる気が全くしない」

それは当たり前だし賢明な判断のはずだと、羽瑠は信じていた。

「適当に撮るな」

「無難に撮ってるんだ」

「なお悪い」

來大は、羽瑠がそこそこ人受けする「猫」を、「適当」に「無難」に撮っているその何もかもが相当頭にきているようだった。

「ここは妥協してほしい、ライタ。僕は写真家になりたいわけじゃないし」

「ハルは妥協ができるのか？」

「ことに寄る。今回は一週間後に写真展をすることがマストだ。間に合わせることに意義がある」

むしろそこに最大の意義と労力を割いている羽瑠が、來大の説得に掛かる。

写真を大切にしている來大が妥協に納得できないのもわかるが、できる範囲のことを知るのはまた一つの責任を果たす能力のはずだ。

「これは妥協じゃない。ハルは尊重していない」

「何を」

目の前に座って敢えて目線を合わせてきた來大に思いもかけない言葉を向けられて、羽瑠の目に力が籠る。

「もちろん写真もだが。俺のことも、写真部も、それから羽瑠自身にも妥協を許して人に対して尊重に欠いている」

まさか己がこの局面で「人に対して尊重に欠いている」と言われるとはと、羽瑠は黙り込んで來大の言葉を聴いていた。

「見て行く人の時間も、見る人への尊重も欠いている。猫でいいと思っている。猫への尊重もない」

「猫は地域で甘やかされているアイドル猫だ！」

だからとても写真が撮りやすかったのだと言いたかったのに、反射で羽瑠は声を荒らげてしまった。

荒らげた自分の声に、とても驚く。

羽瑠は生まれてこの方、ただの一度も反射で感情のままに怒鳴ったことなどない。

この間は、神鳥谷の語る過去に心を動かされた。

同じ心の激しい動きだが、これは方向が逆だ。もしかしたら正当なことを言っている友の言葉に、癇癪を起こして逆上したのだ。

「あなたの若い日に、あなたの造り主を覚えよ。悪しき日がきたり、年が寄って、『わたしにはなんの楽しみもない』と言うようにならない前に」

そんなに昔のことではない。羽瑠が教えて來大が気に入った「コヘレトの言葉」を、自分を鎮めるために羽瑠は唱えた。

「確かに君は、自分の造り主をよく知っている」

今羽瑠は、自分の造り主であるはずの自分を見失ったことが一番悔しかった。

「……睡眠時間が足りてない。僕は今日は帰る」

疲れているせいだと自分に言い聞かせて、猫の写真を鞄にしまい込む。

立ち上がって來大を置いて行こうとして、けれど羽瑠は立ち止まった。

いかなる物も、外部の要因によってでなくては滅ぼされることができない。

忌々しいことに、羽瑠は今こそ心の底からその「エチカ」に書かれている言葉を理解した。

心でではない。体で理解した。

「反射で声を荒らげるなど論外だ。したくなかった。……すまなかった」

生まれて初めてのその大きな理不尽に対して、謝罪しない選択は羽瑠にはあり得ない。

まだ理性の王国に住んでいるはずだ。王として椅子に座しているはずだ。だがもし一人の王国にいるのなら、羽瑠は決して声を荒らげたりしないだろう。

感情というものを探していたことを、羽瑠はとても懐かしく思い出した。そんなに昔のことではない。

「ハルの家、Wi-Fi飛んでるか？」

座ったまま、全く関係ないことを場違いに來大は尋ねた。

「飛んでるけど」

「うち今ルーター壊れてて。観たい配信が夜あるんだけど、行ったら駄目か？」

「普通」

喧嘩と仲直りはセットじゃないのかと、羽瑠は來大に訊きたい。仲直りを飛ばしてWi-Fiに行くとは理解しかねる。

違うかと訊こうとして、羽瑠は今友人と喧嘩したのだと知った。

「来ればいい。うちは松本市内だ。この猫のいる」

口角の上がった笑顔は、とても発動できない。

目を合わせないまま來大を待って、羽瑠は部室の戸口にただ立っていた。

感情に行動を支配されていることを、心から忌々しく思って。

夢も見ずに、短い時間羽瑠は眠った。

「……？」

目覚めて、自分が何処にいるのかわからなくなるくらい深く眠ったらしい。

薄暗い洋間の高い天井を、羽瑠はゆっくりと見上げた。自分の部屋だ。

窓際の椅子に座って、來大は本を読んでいる。

古い洋風建築の自宅に着いて部屋に入り、羽瑠が友人を連れてきたことに狂喜した家族に軽食を運ばれるなり自分がベッドで寝たことを思い出す。

——少し寝た方がいい。

部室で睡眠時間が足りないと主張した羽瑠に、客人である來大がそう言ったのだ。文化祭の準備をしながら勉強も全く手を抜いていないことも知っていると、呟いた。

制服のまま横たわるという合理性のないことをしたと知って、まだ起き上がれないまま羽瑠が顔を顰める。丈の長いジャケットに皺が寄った。

恐らくは母親が、明日の朝までにアイロンを当ててくれることになる。無駄な時間を費やさせることが申し訳ない。

「何を読んでるんだ？」

起き上がりながらの第一声は、眠っていたせいで酷く掠れた。

「積んであった。羽瑠の本。勝手に読んでごめん」

見ると、起こすまいとしたのか小さな灯りを頼りにしている來大は、羽瑠が図書館で借りた「初心者向けカメラ入門」を読んでいる。

「人に対して尊重に欠いているなどという言葉を、よりによって羽瑠に向けた」

俯いて來大は、顔を上げなかった。

「本当にごめん」

顔を上げられないのは、泣いたからだと声でわかる。

部屋に積んであった写真の本を見て羽瑠の真摯さを知って、それできっと來大は泣いた。

「謝る必要も、泣く必要もないよ」

だが來大が知った気になっている真摯さは、実のところ存在しないと本人はよくわかっている。

「一通り読んだけど、それでこの短期間にいい写真が撮れたら誰も苦労はしない。困った、と思ってリビングに降りたら母が見ていた」

「何を？」

「猫が歩いているのを。著名な写真家による著名な企画だが、とても共感力が強いと母を見ていて思った。それで安易に被写体は猫だと決定したので、君が怒るのも無理はない」

嘘を、羽瑠は吐きたくなかったわけではなかった。

いなすのもごまかすのも、羽瑠にはそんなに難しいことではない。

「泣くな、ライタ。泣く必要はない」

羽瑠が言ったことはそのまま伝わって、悔しそうに來大は涙を拭った。

「……時間だ。Wi-Fiいいか?」

Wi-Fiは口実でもなんでもなかったようで、來大が自分のスマートフォンを取り出す。

「どうぞ」

少し呆れて、羽瑠はWi-Fiのパスワードを自分のスマートフォンに打って見せた。

時間を見ると、午後九時近い。

「家には連絡したの?」

「もちろん」

素早く言った來大の父親はどんななのかと、羽瑠はため息を吐いた。

開智学園から松本駅に向かう分岐で、下校の後いつも羽瑠は來大と別れている。なんの配信を見るのかわからないが、父親が厳しいなら終電の時間も気にしなければならないと、羽瑠の方で來大の終電を確認した。

「この人が、誰かと話す日だ」

写真に特化したソーシャル・ネットワーク・サービスのアプリで、來大がたくさんの外国の写真がアップロードされている画面を羽瑠に見せる。

「……宗教画みたいだ。何処かの国のカメラマン？」

「カメラマンじゃないようだ。イランの消防士が、携帯で撮ってる」

「え？」

消防士が携帯で撮ったと言われてもとても納得できない、深みのある絵画のような、老人や馬、犬、木、羊の写真に羽瑠は驚きの声を漏らした。

「このアプリでいろんな写真を見てたら、ある日この人を勧められた。誰なのかわからないままフォローして、写真がとてもいいから名前を検索して自己紹介を翻訳ソフトにかけた。俺も驚いたよ」

ブックマークしてあるその日本語訳した自己紹介を、來大が開く。

携帯電話で写真を撮り始めて、それが世界の扉になった。写真がなければ行かない場所に彼は行くようになった。喜びと悲しみを知るようになった。

ぎこちない日本語訳には、そう書いてあった。

「ここのところ毎週この時間に、この人が同じ人と話すんだ。相手は友達だと思う。多分友達は違う国にいるような気がする」

來大の言う通り、程なく、遠い国の男性二人が静かなトーンで会話を始める。

このアプリでは、離れている者同士が簡単にビデオ通話できて、それを誰でも見ることができるようだった。

英語でさえないので、何を話しているのかまるでわからない。羽瑠の世界地理の記憶が正しければ、イランの母語はペルシア語だ。

來大には何を言っているのかわかるのだろうかと尋ねかけて、羽瑠はやめた。

見入っている來大には多分、この音楽のような言語がわかろうがわかるまいが関係ない。

イランの消防士である人が友人と語っていることは、明るい出来事ではない気がした。彼らは常に淡々としていて、時には厳しい表情になる。何か社会的な問題を、二人は語り続けているような気がした。

羽瑠も、その全くわからない音楽のような言葉に魅入られ聴き入った。きっと多くの人に関わる話をしている気がする。そういう声、表情だ。

想像は無限に広がり、最後に恐らく別れを告げあった時だけ彼らが笑ったので、羽瑠は突然あたたかな手で胸を摑まれた思いがした。

「ありがとう、Wi-Fi」

間を置いて、堪能して咀嚼(そしゃく)した來大が羽瑠に礼を言う。

「一緒に見られてよかった。見せてくれてありがとう」

羽瑠も來大に、礼を告げた。

この時間が羽瑠にはとても楽しかった。

「楽しかったか?」

そう思った途端、來大に尋ねられる。

「とても」

「それは嬉しい。よかった」

來大は破顔した。

尊い時間、尊い友に、羽瑠には來大との何もかもが最高の出来事に思えた。

それは、実のところ羽瑠が内心呆れている同級生たちの感じている楽しさと何も変わらない。

どんな場面なのかが違うだけで、友と過ごす楽しさはどれも同質で、だいたいは破裂するほど大きい。

そのことに波留は、今は気づけない。恐らく來大も気づけていない。

言葉はいらないほど、楽しい。

「だけど」

今心の中で言葉を不要とした自分を、羽瑠は見咎(みとが)めた。

「言葉にしていこう」

「何をだ?」

「君の大切にしている写真を、無難にすませようとして僕が悪かった」

謝るのは自分かとも思ったが、來大の非難は尤もだ。

「……俺も、悪かった」

「何が」

「寄りかかってばかりだ」

寄りかかられていることを、羽瑠はけれどよしと思っている。だからこそ今日声を荒らげたことが、いつまでも悔やまれた。

「相談には乗れると、僕が言ったんだ。やり遂げるよ」

眠りは、羽瑠に静かな声をくれていた。

「何を撮るかはよく考えさせてほしい。急には決められない」

猫が悪いと羽瑠は思わなかったが、猫を撮ろうとしたのは著名な写真家の模倣なのでよくない。

「そうか。そうだな」

言われたことを、來大は呑み込んだ。

「大切にしてくれて、ありがとう。写真が大事なのは俺なのに、ごめん」

感謝と謝罪を、ゆっくりと來大が声にする。

——言葉にしていきましょう。

友との時間を分けてくれた教師が、自分たちに呼びかけた。もしかしたら彼には、友に言えなかった言葉がいくつもあるのかもしれない。その言葉はもう、告げられない。

言葉にしていく。

この友情は特別に崇高なものではなく、当たり前に自分に与えられたものだとハルが知るのはもっとずっと先のことだ。

——私はまた、人の子らについて心に言った、「神は彼らをためして、彼らに自分たちが獣にすぎないことを悟らせられるのである」と。

ここのところ考える時間もなかったが、久しぶりに「コヘレトの言葉」のその一説が何故だか羽瑠の耳元をよぎっていった。

「どうした?」

何かを羽瑠が聴いていると、來大が気づく。

「『コヘレトの言葉』を思い出してた」

「何処だ?」

「ライタなら今、何処を読む?」

何故その章が聴こえたのかわからなかったので、羽瑠は答えず來大に訊いた。

気に入って繰り返し「コヘレトの言葉」を読んでいた來大は、すぐさま言った。

「『私はしもべたる者が馬に乗り、君たる者が奴隷のように徒歩であるくのを見た』」

「ライタ……」

それはどう考えても今のこの現状のことで、羽瑠が心の底から來大を咎める。

「だって」

「言っておくけど、僕らはお互いがどちらでもないよ。しもべでも、君主でも」

「それはそうだ」

頷く來大を見届けて、立ち上がるように羽瑠は促した。

「もうすぐ終電だ。見送るよ」

「危ない」

時間を気にしていなかった來大が慌てる。

やはり終電を気にしてよかったと、羽瑠は自分が友人を理解していることを幸いに思った。

みな一つ所に行く。みな塵から出て、みな塵に帰る。

それが自分たちだと羽瑠はまた「コヘレトの言葉」を聴いたが、來大に告げる必要は感じず、部屋を出た。

「本当に俺を？」

文化祭五日前の夕方、自宅の蔵の中で写真の外郭を手で裂きながら、來大は羽瑠に尋ねた。

「写真展への記録にもなってる。何より友人を撮りたい」

考えた末、羽瑠は來大の他に撮りたいものが見つからなかった。なので展示の準備の傍ら、來大に許可を得てこうして撮影している。

「撮りたいならいいが」

撮られていること自体は、來大は全く気にならないようだった。

背が高い來大は、容姿も整っている。だが自分の姿がどんな風に写真に写るかは、まるで頓着がないようだ。髪も整えない。もう随分と寒くなってきたのに、足元は古いサンダルだ。

その無頓着さを、羽瑠は気に入った。

「あ」

門が開く音が蔵にも届いて、來大が明るくはない声を漏らす。

「お父様？」

声と同じに來大の表情が僅かに曇るのを見逃さず、羽瑠は尋ねた。

「仕事から帰った。家は広いが祖父から受け継いだもので、父は公務員だ。土木工事の事務の部署で」

「ありがとう。充分だ」

父親について知りたいと言われたのを思い出して、來大が続けるのを羽瑠が止める。

開智学園から一時間以上かかる來大の家を羽瑠が訪ねたのはまだ二度目で、父親が家にいるのはこれが初めてだった。

「ご挨拶させてほしい」

この時を、実は羽瑠は心待ちにしていた。

「それは、もちろん。父も……喜ぶだろうけど」

この時間に友人が来ている段階で、親に挨拶しないという選択は高校一年生にはあまりない。

だが來大は気が進まないようだ。

それでも來大は重い腰を上げて立ち上がり、羽瑠は來大に従って蔵を出て母屋に向かった。

「おかえりなさい。お父さん」

畏まった言葉で、玄関を開けて來大が父親に挨拶をする。

「ただいま」

硬い声が返って、頑なさと手強さを羽瑠は感じた。

「クライメイトがきてる。友達で、同じ写真部の二戸くん」

「はじめまして。お邪魔してます、二戸羽瑠です」

父親の姿が見えない玄関に立ち止まっている來大に、中に入るよう羽瑠が目で促す。

「上がっていただきなさい、來大。二戸くん、よかったらお夕飯一緒にどう?」

母親の軽やかな声が、玄関に届いた。

——なんとなくかっこいいと思ったそうだから、俺は親とは気が合わない。

声を聴く限りでは、來大の「來」の字をなんとなくかっこいいと言ったのは母親の方だろうと、羽瑠には思えた。

それを言ったのがもし父親なら、今から羽瑠は苦労をしないで済む。

「夕飯は家で食べるけど、ご挨拶はしたい」

小声で、羽瑠は來大を促した。

「夕飯は、家に帰るそうだよ。挨拶したいそうだ」

母親に告げながら、とうとう観念した來大がサンダルを脱ぐ。

「お邪魔します」

晴れ晴れと健やかに声を大きく張らせたいところだったが、走ったこともないのに走ると転ぶことを、羽瑠は知っていた。

なので仕方なく、いつもの自分で、古く大きな家の廊下を歩く。

居間に入って、座って新聞を広げながら自分を見た父親に、羽瑠はしまったと思った。

「こんにちは」

しまったのは、自分の容姿だ。どうも父親にとっては、華美なロングジャケットの制服が似合う羽瑠の容姿は、信頼にまるで足りないらしい。

「こんにちは。來大がお友達を連れてくるのは初めてだよ、二戸くん」

それでも、愛想の足りない彼は、常識を重んじるようだ。

「そうなの。お父さん、二戸くんは中等科の時からずっと学年トップなんですって。來大が言ってたわ」

母親は、多分來大と羽瑠の味方だ。きっと友人の訪れにより、一人息子を無理に公立に転校させなくていいと思っている。

「写真部だと今」

部員なだけで友人ではないのではないかと、父親は思ったようだった。

「友人になったのが先です。來大くんと友人になったので、僕は写真部に入部しました」

「來大のために？　どうぞ、座って」

父親に促されて、羽瑠が來大に目で確認して「失礼します」と座布団に座る。

後からとても居づらそうに、來大が羽瑠の隣に座った。父親とは向かい合わせだ。

「なるべく多くの時間を、友人と過ごすためにです」

中等科から四年近く、優秀な生徒を多く抱える開智学園で学年トップの成績を保っている自分が、來大と切磋琢磨して勉強に打ち込んでいる。

そのストーリーは、頑なな父親の心を動かすのではないかと羽瑠は思っていた。

だが表情を簡単に変えないこの人を、適当に動かすことは無理だ。

何故なら、何処からどう見ても父親と來大はそっくりだった。

「來大といて楽しいかい」

「はい。とても」

きっと父親としての常識で、ギリギリ彼は「何故」と羽瑠に尋ねない。

彼は生きてきた時間の分だけ恐らく自分を理解していて、だからこそ自分によく似た息子のことも知っている。

その息子といて楽しい友人が存在するわけがないと思っていることは、父親だけを責められない。

「僕は友人を得たことがありません」

なんという誠実さを求められる日々だと、そのことに若干の疲れを羽瑠は感じた。誠実さを求めているのは、実は自分だと羽瑠は気づかない。

友を持った。だから羽瑠は自らが誠実でありたい願っているが、その感情に思考する速度はとても追いついていなかった。

「そんなことはないでしょう。優秀で、とっても素敵なのに」

まさか、と母親が朗らかに笑う。

「本当です。必要だとも思っていませんでした。ライタに出会うまでは、です」

隣の來大を見て、羽瑠は実際のところを語った。

「ライタが、常に僕に誠実であることを求めるので、ご両親の前でも正直にお話ししました。初めての友人を、僕は失いたくありません」

硬そうな眼鏡を掛けている父親の目を見て、羽瑠が懇願する。

隣で來大が吃驚から硬直しているのがわかったが、今は羽瑠は來大に構っているどころではなかった。

「私は、その制服がとても気に入らないんだ。実は」

父親が言ったことは、恐らく冗談ではない。

「僕たちも着たくて着ているわけではありません」

それだけは、羽瑠には若干の嘘だった。英国のイートン校を模したイートン・ジャケットが、自分によく似合っていることを羽瑠は知っている。

だがこの制服は絶対に必要なものではない。

ただの服だ。

「松本市民には時折軽んじられていることも知っています。通りすがりに『何気取りだよ』などと言われることも絶えません」

「それは、知らなかった」

美しい制服に、開智学園の生徒たちが皆酔いしれているわけではないと初めて知って、父親はほんの少しだが羽瑠への警戒を緩めた。

「制服も校舎も、問題ではないです」

どうでもいいとまでは、羽瑠には言えない。

開智学園の在り方に、先日の神鳥谷等(ひととのやひとし)の件も含めて、羽瑠には敬意が生まれていた。

「学ぶところの多い学校です。私立である分、講義も講師もとても充実しています。そして僕は一人で学ぶよりも、友人と学んでいたいです」

率直な羽瑠の言葉を聴いて、それから父親は來大を見た。

緊張感を持って、來大は父の視線をなんとか受け止めている。

「來大は、大丈夫だろうか」

とても難しいことを、父親は羽瑠に尋ねた。

今初めて羽瑠は、「僕は高校一年生です」と主張したくなったが耐えた。

「僕が学友でいるうちは、僕が保証します」

まさかここまで言わねばならないとは、なんという友人、なんという国交だと思ったが、それだけの友だとも思えている。

「なら、君を信じることにしよう」

「え?」

短い声を漏らしたのは、來大だ。

「転校しなくてもいい、來大。二戸くんと、よく勉強しなさい」

息子に告げて、それ以上は会話がもたないのか、父は席を立った。

「こんなことで学費が？」

梓川から離れるように波田駅に向かって羽瑠を送りながら、來大が呆然と言う。

転校がなくなって喜ぶ母親に促されて二人で家を出てから、初めて來大が発した言葉だった。

「こんなこと、じゃない。ライタ」

三十年後の拗れてしまった來大という風情の父親と、全力で対峙した羽瑠はさすがにぐったりしている。苛立ちがそのまま声になった。

「僕は初めての友人について誠意を尽くして、君のお父様は息子の友人を信頼したんだ。とても大きなことだ。今後、できれば僕は君のお父様を」

裏切りたくない。

言いかけて、羽瑠は覚えたての強い感情に流されずに、言葉を切った。

「無理だ」

いつ、どんな形でなのかは全く不明だが、來大は來大の父親をいつの日か大変な目に遭わせるのだろう。

「何が無理なんだ？」

高いところにある來大の漆黒の瞳を、羽瑠は見た。

もし來大に自覚があったなら親をその「大変な目」に遭わせずに済むので、自覚がないのは当然だ。

「逆説的だけれど、君に転校の問題が起こらなかったら多分」

真っ暗な街燈のない往来で学校指定のロングコートの襟を深く合わせ、もう随分遠い日に思えるもののたったひと月前のことを、羽瑠が思い返す。

「僕の椅子がどう見えていたとしても、持ち上げなかったんじゃないかな？」

ひと月と、少し前だ。

けれど随分遠い日なのは來大も同じようで、一瞬立ち止まってから、その日の自分のことを回顧しているようだった。

「椅子は、ずっと見えていた。王の椅子のようだと」

「あの日衝動に負けて触ったとは、後から聴いた。けど最初君は、八つ当たりだと嘘を吐いたよね。その時切り出した話が転校のことだったから、その件がなかったら衝動は生まれなかった可能性はない？」

「確かにそうだな。生まれなかった可能性は大いにある」

感情を制御できなかったと言っていた來大には、衝動から行動への論理的な意味づけはないのだろう。

けれど、羽瑠の想像に異論はないと頷いた。

「なら、転校のことがなければ僕はここにいない」

何が逆説的なのかを來大も知って、歩いていた足がぴたりと止まった。

かなりの時間來大が自分を見ているのを、羽瑠は黙って許容した。

それは見るだろうと、今なら堂々と言える。

「そうか」

口元を大きな手で押さえて、來大は戦慄（せんりつ）を見せた。

「恐ろしいな。困難は、無意味じゃない場合があるようだ」

若干震えながら來大が言うように、結果そうだったと羽瑠にも思えている。

「そうだね。後二年半、同級生だ」

「ありがとうでは足りない。けど、ありがとう」

岩のように思っていた父が動いたことに驚いてしまって、きちんと礼を言っていなかったと気づき、慌てて來大は言った。

「自分のためにしたことだ。君からの感謝はいらないよ」

呟いた言葉に嘘はない。

「いや、やっぱりもらっておく」

だが如何（いかん）せん手が掛かり過ぎだと、羽瑠は改めて友人を評価した。

十一月後半の昼間でも凍った光が、体育館二階回廊の天窓から様々な色を弾いてやわらかく差し込む。

「死ぬかと思ったし今も死にそうだ」

きちんと勉強にも手を抜かず、尚且つ細かな來大のこだわりを結局全部聴いて文化祭当日を迎えた羽瑠は、二階回廊の冷たい壁に寄りかかって今にも死ねそうだった。

暗幕を張らなかった二階回廊には、ここまで大仕事だと羽瑠には想像し得なかった写真の展示が成し遂げられている。

來大は居心地が悪そうに、体育館から上がってすぐのところに設置した受付用机の椅子に座っていた。

写真部員二人ともが望まない軽々しさで由麻が宣伝してくれたらしく、羽瑠と來大を眺めようとした女子が多く訪れた。そして、一枚も目が映っていない北上來大の人物写真が手で切り取られて貼り巡らされていることに震え、二戸羽瑠が撮影した平凡な來大の写真を見て微妙な顔をして皆去っていく。

「僕にも写真に自意識が多少は生まれたようだ……」

震えられるより微妙な方が存外堪(こた)えると、展示して初めて羽瑠は知るところとなった。

來大が居心地が悪そうにしているのは震えられたせいではなく、さっき父親と母親が見て行ったからだ。

「ご両親、来てくださると思わなかったよ」

離れたところから、大分時間が経ったし今は誰もいないので羽瑠は來大に言った。

よかったと言いたいところだったが、來大の表情がそれこそ微妙だ。

「父が難問を残して行った」

ぼそりと、來大が呟く。

「なんて？」

「何故(なぜ)そんな写真を撮るのかと」

それは皆恐らく訊かないだけで思っていることで、なんとか今日尋ねることができたのは、彼が來大の父親だからだ。

今日まで問うのを耐えてきたのだろう。

「難問だね」

答えを明文化することができないのだから難問には違いないと、羽瑠は來大に同意した。

「盛況みたいだね。人が途絶えるのを待ってた」

階段の方から、顧問として何をしたらいいのかまだわからない神鳥谷（ひとのとや）の声が聴こえた。

「お疲れさん。大変だっただろ？　この展示」

中等科からわざわざ佐原（さはら）も一緒に、見に来てくれていた。

「とても大変でした。こんなに大変だとは知りませんでした」

思わず真顔になって、思ったままを羽瑠が言葉にする。

展示の形式への來大の拘（こだわ）りに、最早羽瑠は辟易（へきえき）していた。最初は、「そこまで凝（こ）る時間はないよ」と反論していた。だが反論している時間がとても無駄だとすぐに悟り、結果來大の言い分をすべて呑んだ展示に、皆の反応は一様だ。

「ゆっくり見させてもらうよ」

「結構広いな、ここ」

神鳥谷と佐原は、言葉通り連れ立って歩いて、ゆっくりと展示を見ていた。

自分は初心者だからという羽瑠の強い主張で、八割は來大の写真を來大の望む高密度で展示してある。するとその密度に人が耐え抜いた後に、撮影した來大の平凡なスナップの群れを人々は見る羽目になった。

一周して律儀に全てをきちんと見て、そして誰とも変わらない微妙な顔で二人の教師が受付に帰ってくる。

「なんというか。すごいね」

「ああ。すごかった」

神鳥谷は笑顔を張りつかせ、佐原は少し具合が悪そうに見えた。

致し方ないと、段々と羽瑠は罪悪感さえ抱き始めた。

「友達を撮ったんだね、二戸くんは」

ふと、神鳥谷が羽瑠に笑いかける。

「そうです」

「写真のことは素人なのでわからないけど、とてもうらやましいよ。初めての友達を、僕も写真に撮ればよかった」

過ぎ去った時間を、神鳥谷は振り返って惜しんでいるようだった。

「北上くん」

そして、もともと高等科唯一の写真部部員だった來大に、神妙に向き直る。

「君はずっと写真を撮り続ければいいつか」

考え込んで、一旦神鳥谷は言葉を止めた。

「何かになれるよ」

「俺もそう思う」

何か、と言った神鳥谷に、すかさず佐原が同意する。

「二戸の写真は、意外で好感が持てる」

羽瑠がこの数日間でひたすら撮影した來大のごく普通の写真を、佐原は振り返った。

「世界の友歩きです」

「冗談も言えるようになって」

「いいえ。著名な写真家へのオマージュですよ」

冗談のつもりなどないときっぱり言った羽瑠に、神鳥谷と佐原は笑った。

「三日間、頑張って。また見に来るから」

「ありがとうございました」

手を振った神鳥谷に、來大が頭を下げる。

「ありがとうございました」

羽瑠もまた、敬意で顧問を見送った。

「三日間か……」

「長いね。でもその間に別の自我が確立するよ、きっと」

初日は來大も羽瑠も想像以上にいたたまれないが、三日なぶられていれば慣れるとは思えた。

聞き覚えのある軽い足音が、階段を駆け上がってくる。

同じ学校指定の上履き(うわばき)なのに何故(なぜ)あんな軽やかな音をたてられるのだろうと、今日初めて羽瑠は思った。

「ども！」

まともに挨拶してここに来たことなど一度もない由麻が、その自覚があるのか自分でもどう言ったらいいのかわからない風情で現れる。

「いらっしゃいませ」

二階回廊にしか現れない座敷童(ざしきわらし)は消えて、羽瑠は由麻にごく当たり前に挨拶をした。

「変なの。それ全員に言うの？」

「いえ。初めて言いました」

二階回廊の座敷童との別れは、思ったより羽瑠には寂しく感じられた。

「こんにちは。榎本(えのもと)先輩」

その座敷童をずっと撮りたがっていた來大も、複雑な声を聴かせる。

「ちわ。見てく。みんなに宣伝しといたし。感謝してよ！」

その宣伝方法は羽瑠も來大も全く望まないものだったので、二人してただ沈黙した。

軽やかな足取りで、由麻が写真を見て回る。

きちんと一周して、暗い顔つきで由麻は二人のところに戻ってきた。

「おかえりなさいませ」

「素直な感想言っていい？　素直なやつよ」

「どうぞ」

若干顔色も悪くなっている由麻に、羽瑠が頷く。

「ものすごく気持ち悪い。どっちも」

微妙な顔をして感想を言わない人々を見続けていた羽瑠と來大は、立ったまま顔を見合わせた。

「そうでしょうね」

「はっきり言っていただいて自分もすっきりしました」

むしろ聴いてよかったと、それは二人の共通見解だった。

「ハル、訊いていいか?」

來大に問われて、一瞬なんのことだか羽瑠にはわからない。

「ああ。いいんじゃない?」

何故なら來大がそうしたかった理由は、何処(どこ)かへ行ってしまったはずなので。

「榎本先輩。写真、撮らせてもらってもいいですか?」

受付に保管してある自分のカメラを、來大が由麻に見せる。

「いいけど……」

目の映っていない写真の群れを、由麻は振り返った。

「普通にしてくださってていいです」

「そうなの?」

「記念写真なので」

「なんの？」

尋ねられて、來大が首を傾げる。

「普通に、撮らせてください。天窓の光が当たる方に、寄ってもらえますか？」

「うん」

なんの記念なのかそれ以上訊かないまま、由麻はいつも膝を抱えていた場所に背を向けた。

「撮ります」

朗らかな笑顔で手を振って、由麻がフィルムの写真に収まる。

「じゃあね。頑張って」

手を振って由麻は、軽やかに階段に走って行った。

またいつでも会えるような言葉だけれど、今まで二階回廊で膝を抱えていた由麻と会うことは二度とない。

「……とても、いいことだ」

心の中で羽瑠が思っていたことを、來大が言語化した。

「僕もそう思うよ」

由麻が去って行ったこと。

そして彼女が抱えていた暗い大きな穴のような闇を來大が惜しまなかったことが、羽瑠には尊かった。

友だけならともかく、まさか榎本由麻を尊いと思う日がくるとは、羽瑠は想定したこともない。

感情を呼び起こすのは外部要因、他者でしかなく、それを受け入れる時には滅びることを覚悟しなくてはならないだろうと、羽瑠は知っているつもりだった。

他者にしか滅ぼされない、ということではないのかもしれない。

外壁は他者にしか崩せない。

変われない。自分は決して変わらないと、來大に出会うまで羽瑠は疑ったこともなかった。

「君は」

友となった君に、羽瑠は言っておかなければならないことがある。

「二度とお金のことを自分で考えるな」

強く、羽瑠は來大に告げた。

「だが自分のことだ」

「僕が迷惑する。まず僕に相談してくれ」

古(いにしえ)から何もできない芸術家にはパトロンがつき、跡継ぎの王には宰相(さいしょう)がついた。

いずれにしろ頭を使う仕事が自分には向いていると、羽瑠が自分に言い聞かせる。

「相談する前に立ち止まれるよう、感情を制御しないといけない」

「きっと」

そこははっきりと確信できないが、羽瑠には思うところがあった。

「するのは簡単だと思う」

「そうなのか？」

羽瑠の言葉に、來大は心の底から驚いた顔をしている。

「カウンセリング受けたり、トレーニング受けたりという方法があるし。多分そんなに難しいことじゃないよ。だって君は対話ができるんだから」

制御できない当の來大はまだ驚いているが、延焼の恐れを知った羽瑠は來大の制御について既に調べていた。

何しろ今具体的に肉体が疲労困憊（こんぱい）して悲鳴を上げている。

「お父様との約束もあるから、卒業までは」

文化祭の準備をして、勉強をして、來大について考えていたのだから、それはもう未（いま）だかつてなく疲れているのは当たり前だ。

「僕が止めるよ」

大きく伸びをして、気負いなく羽瑠は來大に言った。

「その先は？」

「後二年半もある。繰り返しているうちに、自分でコントロールできるようになるよ」

「想像がつかない」

「僕はもうイメージしてる。制御できる君、しない君」

しないことも來大はあるだろうとは、羽瑠には思える。

だが、制御を覚えながら來大がしない日が来たなら、それはきっと制御すべきではない時だ。

あと三日で、文化祭は終わる。とりあえず來大を殴らずにこの大仕事を終えられたと、羽瑠は油断した。

「たくさんのことを知っていて、たくさんのことを考えていて、なのに何故ハルは」

不思議そうに、立ったまま來大が羽瑠を見つめている。

「多くを人に語らない？」

椅子に触れる日まで來大が知っていた教室での羽瑠は、常に一人で、誰かと語らうことなどない王だっただろう。

「君に言われたくない」

だがそれは、羽瑠には自覚も記憶もあることだ。

「俺は、多くのことを知らない」

知っていることを日頃ほとんど人に分けないのを、來大が咎(とが)めていると羽瑠は気づいた。

「今日は正しいと信じたものが、明日には万死に値(あたい)すると言われる。語ることで自分が排除する側になる可能性もある」

排除されるのなら闘えるが、もし自分が排除する側になったなら羽瑠にはそれは耐え難い汚辱となる。

「だから語らないのか？」

「そうだよ」

「賢いが」

一瞬、來大は躊躇った。

「狡い」

しかし制御がきかず、來大が羽瑠を非難する。

何故、人間は否定に弱いのだろうかと、時折羽瑠は考えてきた。

拳で來大を殴ろうとして、右手を肩の高さまで上げてしまってやっと思い知る。

感情があるからだ。

「どうした？　変なポーズをとって」

他者に否定されることに弱いのは、その他者に対して何某かの感情を持っているからだ。それも、とても強い。

「思いがけない図星を突かれて腹が立ったからこの変なポーズになった！」

「その変なポーズがどうして俺のせいなんだ！」

文化祭初日、写真展の最中に、二人は初めて怒鳴り合った。

「図星……？　ハルの？　俺にそんなことができるのか？」

しかし遅れて、來大が何を言われたのかを理解する。

「感情が大きく動いて、今君を殴りそうになった」

「ああ……」

それでその変なポーズをと、來大が深々と納得するのがまた羽瑠には腹立たしかった。

「君を何処まで殴らずにいられるだろうと思っていたけど、僕は自分が思うより耐性が低かったようだ。危なかったよ、反射で手が上がった。初めてだ」

殴る代わりに、羽瑠は來大に右手を差し出した。

何を求められているのか知って、來大がその手と固く握手をする。

「こんなこと本当にするんだな。人間は。驚くよ」

友人を殴ろうとして、そして和解の握手をしたのが自分なのかと、羽瑠は右手を見つめた。

「……だがハルは冷静だし理性的だ。感情が大きく動いたと言うが、立ち止まってちゃんと言葉にする。そして握手」

それは自分にはできないことだと、來大は口を尖(とが)らせた。

「とうとう君を殴ろうとしたことは、自分を罰するべき行いだ。君には絶対に謝らないけどね」

「やっぱり理性的だ」

何か未練や執着のようなものを、來大が覗かせる。

「……僕は理性を重んじる国に住んでいる。王は僕だが、国民が僕一人じゃなくなったら王制は廃止しようと決めていた」

「もう少しわかりやすく言え。いや」

わかりにくい羽瑠の言葉を、來大は待っていてくれたようだ。

「まだ全く感情を制御できていないが、俺も理性を重んじる。国民になるよ」

「なら、今日から僕は王を辞す」

理性を重んじる独立王国の王だった羽瑠は、一人なので王座に座っていた。

「民主主義の成立だ」

破顔して、來大が嬉しそうに立国の声を上げる。

長く存在した王国は消え、王座には誰もいなくなった。

王が、友を得たので。

ワンピース

五月に、佐原真人の七回忌の法要が執り行われた。

故人佐原真人の法事はそれが初めてで、「もうやってもいいだろう?」と父親の勇人が仕方なさそうに家族に訊いたという。

それで等は、初めて真人のために喪服を着て松本の外れにある古い寺に上がった。

「俺は、なんだかもういいと思えたんだけど。あきらめとか、投げやりでもなくて。意外に軽く、そうだなもういいかって」

夏休みの城下町、松本市内を歩きながら等は苦笑した。

「あいつがいなくなって、六年って俺にはそう思える時間だったみたいだ。お父さんも、多分兄弟も。あいつの言うことなんかもう聞いてやらなくていいやって、喪服着て」

松本の町は、美しく豊かだけれど面積としては狭い。何処に行っても知った顔に会う可能性はあるので、避ける意味がない。

蔵造りのカフェに向かって、等は照り返しが始まった午後の道を歩いていた。

「でも時間との距離は、それぞれ違うみたいだ。お姉さんは泣いて怒ってた」

真人の姉の友梨だけは、最後まで法要に納得しなかった。

そんな、寺とのつきあいとか親族とのつきあいとか、ばかみたいなことで真人の遺志を無にするなんて。

昨日遺言を聴いたように泣いていた。

「社会人になってやっとわかったけど、お父さんもお兄さんも相当融通してくれてたよ。今まで。全員に真人のことを理解してもらうなんて不可能だから、不義理だと思われても黙って頭下げてたんじゃないかな」

等が大人たちのかなりの譲歩に気づいたのは、最近のことだ。

七回忌の法要では勇人も、真人の兄の賢人も頭を下げている場面が多くて、それで友梨は余計に怒った。

誰のためのなんのための法事だと泣き喚いた友梨の気持ちも、等にはわかる。

「自分のことでいっぱいいっぱいで気づかなかったけど、一番真人を必要としてて一番真人を奪われたのってきっと、友梨さんだ」

一度家を出ていた真人の姉の友梨は、婚約を破棄したあとすぐに実家に戻った。

真人が逝った病棟に勤め続けることは限界だと認めて、佐原グループが持っている保養施設の常駐医師としてなんとか働いている。

六年が経ったけど、友梨はまだ不安定だ。

目が離せないとこぼした母親の麻沙子が、少し痩せてしまっていた。

「それでも時間は本当に大事だよ。苫人くん、真人のことがあったから向いてない教師になったってやっと気づいたって。……大学が迎えてくれるみたいでよかった」

真人の弟で等の同僚でもある苫人は、今年度いっぱいで教師を辞めて大学の研究室に戻ると法要のあとに決めた。

正直、等は寂しい。苫人は親友の弟なだけでなく、等にとっては唯一なんでも話せる友達のようなものだ。

「俺は、真人に会うまでずっと世界に自分一人だったけど。思えば苫人くんは違った。フリースクールにも友達がいたし、世界とは繋がってた。俺といると、ずっと真ん中に真人がいるのと同じだから。もしかしたら共依存に近づいてたのかもしれない」

これでよかった。苫人と縁遠くなるのはいいことだ。

その知らせを聞いてから、等は自分に日々そう言い聞かせている。

「喪服って、ちょっと法被みたいだって思った」

「そうね。わかるわ。法要と祭りは同じ線で繋がってるから」

ずっと隣を歩いていた女性が言うのに、なるほどと手を打って等は立ち止まった。

「ああ、そうか。だからだ」

何故もっと早く気づかなかったのだろうと、等は民俗学の方向にいこうとした。

「神鳥谷先生」

だが女性は民俗学にはつきあう様子がない。

同じく立ち止まって少し低いところから等を見上げた女性は、開智学園中等科の養護教諭、水野登和だ。

「はい」

「私、神鳥谷先生のことすごくかっこいいと思ったんです」

「はい……ありがとう」

登和と等は、少し前から交際していた。

中等科で社会科担当をしている等は生徒からの信頼を得ていて、その分スクールカウンセラーを兼ねる登和とは話す機会が増えていった。

苦人と違って、等には教師の仕事は必要だった。目を閉じていた少年期を、今初めて子どもたちと同じ目線でやり直している。そんな時間だ。

「去年、神鳥谷先生がワンピースで高等科の生徒に講義をなさったとき。私、講堂の後ろにいました。中等科でも生徒たちのケアをしていくことになったので参加したわけですが、その時神鳥谷先生すごくかっこよかったんです」

「意外な言葉だけど、嬉しいです」

今日等は、何処にでもあるシャツにデニムを穿いている。

服装が気に入らないという話なのだろうかと、等は首を傾げた。

「ご自分と、そして真人さんの話をしている神鳥谷先生を私は好きになりました」

「……ありがとう。知りませんでした」

本当にそれは、今初めて聞いた。

登和とは生徒のことで何度も相談し合ううちに、自然と食事に誘われた。等も誘うようになった。それを繰り返して三ヵ月が経ち、こんな風に平凡な物語のように人と恋愛関係が始まったことに等は驚いてはいた。

自分には一生訪れないことだと思っていた。それどころではない時間が長すぎたので。

「私、あなたを好きになったので一緒にいたいと思ったんです。助けてあげたいなんておこがましいことは、これっぽっちも考えていませんでした」

「え?」

「神鳥谷先生、私はあなたのカウンセラーではありません。私はひたすらあなたの話を聴いて、時には応えてしまっています。これではカウンセリングをしているのと同じです」

それでも精一杯、登和は笑ってくれた。

それでようやく等は、今日彼女がきれいな向日葵(ひまわり)色のサマードレスを着て、きっと少し無理をして踵(かかと)の高いミュールを履いていると初めて気づいた。

目線がいつもより高い。

「本当にごめんなさい！　すみませんもう俺二度とっ」

「無理ですよ。二人で会ったらまたこうなるのは目に見えています。あなたが持っているものをまるで知らない人となら、恋愛もあり得るかもしれないけど」

持っていると、登和は言った。抱えているという言葉を、彼女は選ばない。そういう登和を等は尊敬して好ましく思って、つきあい始めたつもりだった。

なのにいつの間にか顔も姿も見えないほどひたすら手当てをさせていた。

それは、等が持っているからだ。大きな、何か、あまり人は持たないものを。

「これ」

今日判断しようと決めていたのか、登和はバッグから名刺を取り出した。

「信頼できるカウンセラーさんです。もし必要だと思ったら連絡してみてください。必要なのかどうかは、私には判断できないけど」

「水野先生、本当に俺」

もう一度謝ろうとした等に、苦笑して登和が手を振る。

「失恋しちゃった、私。生徒に訊かれたら、神鳥谷先生のせいだって言いますね」

誰に会ってもおかしくない松本の町を二人が夏休みに歩いていたのは、神鳥谷先生と水野先生の交際は学校でも知られていたからだ。

「嘘ではないので、そう言ってください」

「また学校で」

背を向けて、向日葵色のワンピースが等から離れて行く。

見えなくなるまで、等は彼女を見送った。

「このまま自然と結婚するのか、意外とそういうものなんだなんて俺は……」

馬鹿かとまで言葉が出ずに、ため息が爪先に落ちる。

一度、年下の登和に促されてキスをした。

その時等はとても躊躇(ためら)った。

ごめん、俺。

初めてでという嘘は、誰のためにもつきたくなかった。だが初めてに等しいのは本当だ。

経験がなくて、と、等は自分の戸惑いを登和に打ち明けた。

「『最近はよくあることらしいですよ』、って。安心する言葉だったな……」

そう言ってくれた登和に、ぽつりぽつりと自分の話を始めた。

真人の話、自分の話。

こうして他人に自分を分けることを真人以外の人にするのも、最初は躊躇った。

けれど真人はいない。

真人のいない時間を、誰かと生きていく。

ゆっくりと薄らいでいく真人との時を、自然に手放しているという寂しさがあった。

「また、自分のことしか考えてなかった」

そうして話を聴いてくれる登和に、三カ月等は自分の手当てをさせてしまっていたのだ。

彼女は手当てではなく、恋をしようとしていたのに。

暑さと酷い落ち込みで、等は石畳の端に座り込んだ。

手の中のカウンセラーの名前を見ると、松本市内なのでそれほど運命の偶然ではないはずだが名字が小野寺だ。

「振り出しに戻る的な……」

小野寺は、真人が存命中に迷惑を掛けた人物で、真人が亡くなってすぐ等は小野寺に相談にいった。

必要なのかどうかは、私には判断できないけど。

去っていった人がそう言ってくれたのは、わかるような気がした。

聴いてくれる登和に等は話し続けてしまったけれど、今の等に手当てが必要なのかどうかは不明だ。

「おまえの夢、あんまり見なくなったよ。真人」

真人が亡くなってすぐ小野寺のところにいったのは、毎朝真人の夢から醒めるところから一日が始まって死にそうになったからだ。真人はもういないと思い知るところから一日が始まることは、あの頃の等には絶望でしかなかった。

「今は、絶望はしてない。喪服着て、七回忌やって。助六食べてビール呑んで、おまえの話して笑ったし」

仮に手当てが必要だったとして、その手当てが終わった自分を登和は待たないだろう。

隣に登和がいたらまた同じことになるというのは、等にも想像がついた。

今、自分は登和を惜しんでいる。登和のことを考えている。他人との時間が、間違いなく始まっていた。

「……おまえがいない時間、増えたってことかな。けど」

それはきっととてもいいことだ。そうやって人は、昨日から今日にいくもののはずだ。

「明日にも、いこう」

膝を押して立ち上がった等の視界に、ふと、きれいな朝焼け色のワンピースが映った。

「あの！」

まとっている少女がカフェの並ぶ方に歩いていくのを、考えもなく呼び止める。

「……はい？」

驚いたように、それでも少女は立ち止まってくれた。

少し古ぼけた、きれいな朝焼け色のワンピース。

「そのワンピース」

「どこで、買ったんですか？」

それは等が大学一年生の夏に、松本の商店街で初めて体に当てたワンピースと同じに見えた。

「あ、これ？　叔母からもらったんです。叔母が気に入って着ていて、私が子どもの頃から欲しがって。もう自分には似合わないからあげるってくれたもので。だから何処に売ってるかはわかんないです」

気に入っているからなのか、突然話しかけたのに少女は朗らかに等に説明してくれた。

「……ありがとう。突然話しかけて、ごめんなさい」

「いえ」

等が謝ったので少女も知らない人と話した緊張を不意に纏って、頭を下げて駆け足で離れていく。

朝焼け色のワンピース。古ぼけた風合いは、時の流れを感じさせた。

等が体に当てて、真人がいつまでも覚えていてくれて、最後に似た色のワンピースをくれた。そのワンピースだったのかもしれない。

「あの頃の記憶曖昧だけど、それでも絶対見間違えるわけない。だっておまえと出会った、おまえが見つけてくれた、俺のワンピースなんだから」

見間違えるわけないはずなのに、確信が持てない。

確信なんか持てるはずがない。時間が経ちすぎている。十年以上だ。写真もない。記憶だけが頼りで、それにあのワンピースを自分よりもっとはっきり覚えていた真人は。

「おまえ、もういないし。六年前に」

いなくなったしと言いかけて、喉元に熱が込み上げる。

知っている。それは涙で、嗚咽だ。

何度も堪えたので等は知っている。真人が絶対に泣くなと言ったから、等は真人が死んでから一度も泣いていない。

「もう、おまえの言い分なんか知るか。七回忌だってやったんだぞ。俺は」

何故真人の言いつけを守っているのか、不意に等はわからなくなった。

「俺の意思で、選択する。おまえの遺言なんか知るか。泣くから、俺」

ずっと我慢していた、堰き止めていた涙の、その堰を。

どうして今そうしようと思えたのかわからないまま、等は自分の手で外した。

涙が零れ落ちた。頬をつたい首筋を辿り、それでも足りずにシャツを濡らしていく。

「……真人……」

蹲り、膝を抱えて等は泣いた。

「真人」

死んでしまった親友の名前を、ただ呼んで。

真人が死んだから泣いた。真人がいないから泣いた。

自分の意思で、等は初めて真人を思って泣いた。

頭にくることに、真人の言い分は正しかった。

——おまえ人より脆いし弱いし神経質だし。迷子だから。泣かないでほしい。

泣くと人は弱るから、だから泣くなというのが真人の口癖で、そして遺言でもあった。

「体中の水分枯渇して死にそう」

町中を通る人に救急車を呼ばれそうになって、慌てて経口補水液を買うためにコンビニに入った。借りたトイレで顔を洗うと、鏡に映った等の顔は惨憺たるものだった。

コンビニの明るさが耐えられず、水分を抱えて軒下にまた蹲った。

「駅前のコンビニで行き倒れそうになるとは等らしい……ってその顔どうした!?」

とても一人ではいられずとりあえず来てほしいとメールした人が、夕方のコンビニ前で子どものように座り込んでいる等を見つけて目を剥いた。

駆けつけてくれた苫人に、考える間もなく等が長い息を吐く。

「話せば長くなるような」

きちんと説明する気力はまだ見つからず力なく言った等の隣に、仕方なく苫人は座ってくれた。

「もしかして水野先生にフラれた?」

「フラれた」

「ああ、そう……そうか……まあ、人生最初の彼女だから。そう上手くは」

「俺はこのまま自然な流れのように結婚して、子どもに恵まれたりとかしちゃうのかなとぼーっと思ってた。佐原リゾートで披露宴やって。真人のお別れ会やったガーデンでさ」

本当にぼんやりとそう思っていた等は、ただ自分に呆れていた。

「さすがに呆れかえる」

「俺も今呆れてる。俺、水野先生にさ」

隣から苫人が何処かで買ってきた冷たい経口補水液をくれて、また開けると本当に危うく脱水を起こすところまで泣いたと等が思い知る。

「ずっと、自分の話と、真人の話してた。ごめん、佐原家の話もした。この間七回忌やったばっかりだったし」

「なんでまた……初めての彼女にそんな」

「聴いてくれるから、話したくて。そんでカウンセラーさん紹介されてさよならされた」

「それは、致し方ねえなー」

「見てこれ」

等はポケットの中で湿ってしまった名刺を、苫人に差し出した。

「げっ、小野寺先生!!」

小野寺は、苫人にとっては母校の恩師でもある。

「松本狭いなあ。水野先生、俺たちと小野寺先生のことは知らなかったんだと思うよ」

「そんで泣いたの？」

「いや」

苦笑して、等は経口補水液を飲んだ。

「お父さん、真人の遺言破って法事やっただろ？　俺も、真人の遺言破って泣いてやった」

「……なんで」

苫人は時々、等が真人との約束を守って一度も泣かずにきたことをほめてくれていた。

「真人がいないなって思って。思い出も、どんどん不確かになるなって思って。馬鹿野郎泣いてやるおまえの言い分なんて誰が聞くかと、初めて泣いたらこの有様」

赤い目をこすって、等は笑った。

「あいつ正しかったな。泣くと人は消耗する」

「でも」

何か、きっと慰めを苫人は言おうとした。

泣いて流れることもある。真人との約束を守る日々の中で、等自身何度もそう思った。

「俺、真人が死んだときに泣いていたら涙に呑み込まれたと思う」

六年が経って、泣くことを初めて等は選択した。泣いてやると、初めて思った。

「今だから、泣いてもこうしていられるのかもしれないな。わかんないけど」

道に蹲って、人目も気にせず泣くだけ泣いて、救急車を呼ばれそうになって慌てて顔を洗って、そして友人にメールをした。

「六年、かかったのかも。このくらいで済むのに」

「等、前よりずっとちゃんと歩いてる。そう見えるよ、俺には」

「そうかな」

「そうだよ。水野先生とつきあって、フラれて。すごいよ。すごい」

「苦人くん……」

揶揄(からか)われたのかと思って等が隣を見ると、いつもの眼鏡をかけた苦人は困ったような目をしていた。

「俺、等が水野先生とつきあい始めてちょっと寂しかった。実は結構ショックだった」

「どうしてまた」

「等は一生、そのままなんだと思い込んでたからさ。ごめん」

変わっていくことがショックだったと、苦人がため息をつく。

「それで、俺もここら辺で教師辞めようと思ったんだ。向いてないとはとっくに気づいてたんだけど」

「それでって」

「等が変わってくのも、真人兄の気配が消えてくのも絶対いいことだ。だけど、俺どっかで真人兄の部屋で止まってる気持ちがあって」

だから変わっていく景色に耐えられないとまでは、苫人は言わなかった。

「嘘みたいだな。真人の部屋で、俺はただ友梨さんのワンピース着て。いつも苫人くんが飛び込んできて、怒ったり、雑誌読んだりして。嘘みたいだ……」

言葉でなぞっていったら、その遠い時間がとてつもなく愛おしい。

愛おしいけれど、二度と還らない。

一人足りない。真人がいない。

「涙に呑み込まれるっての、本当だと思う。姉貴……まだ溺(おぼ)れてるよ」

「そうだな」

「時々遺骨に話しかけてるし」

「え⁉」

遺骨という言葉が出てきて、等は声をひっくり返らせた。

「なに」

「海にまいたんじゃなかったのか？」

「いつまいてもいいらしいから、命日が来るたびその話にはなってたんだけど。姉貴がまだ駄目だって言って。散骨するなら等呼ばないわけねえだろ」

「実はいつの間にか終わったんだと思って寂しく思ってた。それはさ、もう、散骨した方がよくないか？　さすがに」

真人のためではなく、友梨(ゆり)を思って等が踏み込む。

近くにそんなにも強い真人の名残(なごり)があれば、友梨の悲しみは終わらない気がした。

「長野県海ねえし。散骨することになったら旅だな、もう。佐原グループ散骨ツアーだ」

「賢人(けんと)さんがなんとかしてくれる。きっと」

佐原リゾートを盛り立てている長男を頼って、苫人の軽い言葉に等が笑う。

「その時は真人にもらったワンピース、着るよ。さすがに最後かな。骨格に合わなくなってきた」

青年の時期を通り過ぎて大人の体になったのだと、去年高等科の講堂でそのワンピースを着て等は気づいた。

「なんか、訊いていいのかわかんねえけど」

「いいよ。なに」

惑(まど)って自分を見た苫人に、尋ねられて困ることなど何も思いつかず等が肩を竦(すく)める。

「あんなに着たかったのに、もう着なくていいのか？　ワンピース」

時々、苫人がそのことを不思議に思っているのは、等も知っていた。近い言葉を聴いたこともある。

答えるのを、等は少し躊躇(ためら)った。

「うん」

それは、等にも不思議なことだった。

子どもの頃から着たくて着たくて堪らなかったワンピース。その堪らない気持ちは、いつの間にか恐らくはすっかりと納まっていた。

「訊くの最後にするから、突っ込んで訊いてもいい？」

「最後じゃなくてもいいし、何訊いてもいいよ」

「着なくてよくなるもんなの？　そういう感情って、消えないんだと思ってた」

「それは俺も思ってた。講義受けてても、生まれついたらそれはその人の性質で。治すとか治るとかそういうものではないって、繰り返し教わってるし。教えてもいるし」

だからといって自分が少数派の枠からはみ出ているとも、等は思えなかった。

着たくて着たくて堪らなかったけれど、真人が着せてくれるまで等は一度もワンピースを着たことがなかった。

真人と過ごした時間の分、等はきれいな友梨のおさがりのワンピースを着続けた。

「一生分着たから、着たいっていう気持ちが成仏（じょうぶつ）したのかなあ」

あんなに強くあった気持ちが消えた理由は、実際のところ等にもよくわからない。

「まあ、枠からは外れてるけど。俺はこうなんだろう」

満たされて、望みが消えて。

もしかしたらそうなのかもしれない。真人がいる頃に、「もう以前ほどは着たくない」と言葉にしたのを等は覚えている。

「そっか。……等、俺ビール呑みてー。俺がビール呑むの見に居酒屋いく？」

「なんだよそれ」

「今日酒呑まない方がいいだろ、等。アルコールって水分になんないんだぞ」

「ごもっとも。なんか食べて、水飲むか。南アルプスの水」

立ち上がった苫人に手を引かれて、等も立った。

「やっぱ等、すげえ変わった」

歩き出しながら、伸びをして苫人がさりげなさを装う。

「俺はこうって、言えたじゃん」

教えられてやっと、等は当たり前のように自分がそう声にしたことに気づいた。

「もう泣いていいよって、真人兄が言ったんじゃねえの？　今日」

「そんなことない」

むきになって、その言葉には首を振る。

「自分で決めたんだ。泣こうって。……明日、もう一度ちゃんと水野先生に謝ろ」

「やり直すのか？」

「無理だよ。完膚(かんぷ)なきまでにフラれた。小野寺先生の名刺渡されたんだぞ？」

「そうだった。それは望みゼロだな」

ごめんと軽く、苦人が言った。

「でも謝るよ。酷いことした」

「そうだな。等はさ」

夏の日は長く、まだ暮れる気配は僅(わず)かにしかない。

「ちょっとゆっくり歩いてるだけだよ」

言葉の通り、苦人はゆっくり歩いてくれた。

「……うん。あ、苦人くん俺も寂しかったから！　学校辞めちゃうの」

正直に言おうと思い出して、等が声に出す。

「お、よかった。俺、等とは真人兄がいなくてもどっかで友達になってたって思ってっから」

「そうなんだ？」

「等は違うのかよ！」

大きな声を上げた苦人の背を、等が軽く押し出す。

「全然違う。もっと重苦しい。ビールを挟んでその話しよう」

居酒屋でと、等は苦人を促した。

真人が真ん中にいて、苦人に依存(いそん)していると等は思い込んでいた。

苦人との間に友情があったなら、等はとても嬉しい。

「ゆっくり、話そう」

時間はある。等にも、苦人にも。

だから話していく。

いつか、二十代で死んだ真人は、きっととても幼い存在になるだろう。もう既に六年前の彼は、無邪気な笑顔の青年だ。

遠く、幼い彼が辛くて、いつかまた等は泣きたくなるかもしれない。

そのとき自分がどんな選択をするのか、等にはまるでわからない。六年前、等は一生泣かないと思っていたのに、今日道に座り込んで泣いた。先のことは誰にもわからない。

それが、未来だ。

──あなたが持っているものをまるで知らない人となら。

言われた言葉が、耳に還った。

間違いなく等は持っている。もういない人との時間を。荷物ではない。重くもない。それだけは手放さずに持って。

等は未来にいく。

あとがき

菅野彰

ウィングス文庫からは本当にお久しぶりです。菅野彰です。

この本は何度かコンビを組ませていただいた山田睦月先生作画の、『ぼくのワンピース』（上下巻・新書館ウィングス・コミックス）の続篇にあたる小説です。

こうした形で小説を書いたことは初めてで、漫画連載終了後にふとしたきっかけで予定外にスタートした『彼等のワンピース』『理性の王国』でした。『ぼくのワンピース』は、山田先生がきちんとペンを置いてくださっています。

素晴らしい作画に力を尽くしてくださった山田先生には本当に申し訳ない言葉になりますが、2016年に『ぼくのワンピース』の原作を書き終えた時、

「いつか古い物語だと言われることになるだろうけれど、それを恐れまい」

そう考えました。そういう世界になることを願いながら、けれど叶うならなるべく他者を傷つけたくないとも願い、漫画連載中も何度も原作を書き直しました。山田先生と、おつきあいくださった担当の石川さんには感謝が尽きません。

本という形の中で明記しておきたかったことを、ここに書いておきます。

『ぼくのワンピース』上巻に、女性の体で男性の集団に混じって肉体労働をしながら独りで流

れ歩いている老いた人が登場します。

　その人物は、八十年代に私が通学電車の中で時々一緒になった方を模しました。エッセイに書く気持ちにはなれず、けれど何処かでと思い、三十年以上が経ちました。

　仕事帰りにその人は電車の中で缶ビールを呑みながら、楽しそうに笑い、歌っていた。等と同じに、私はその人のことを語れる言葉が今もちゃんとは見つからないです。

　書けてよかったのかどうかも、わからない。山田先生の作画を見て、ちゃんと説明したわけでもないのにあの時の人とそっくりで、言葉をなくしました。

　あのときにはなかった、いまはあるものを享受してほしい。心からの願いです。

『理性の王国』の二人の二年後を、初めての『WEB小説ウィングス』に書きました。『彼等の王国』です。読んでやってください。

　その二人が残している百万円。学生と文化庁関連のことは、岩手県で演劇事業に取り組むギンガク実行委員会の小堀陽平氏に詳しく取材させていただきました。小堀氏はもちろん不正受給などすることなく、学生演劇や若手のクリエイターたちと向き合い日々を尽くしてらっしゃいます。小堀さんの経験に助けられました。本当にありがとうございました。

　写真については、カメラマンであり長い友人でもある相川博昭氏に取材しました。きっと相川さんは本篇を読むと、

「いや、こういう話はしていないが？」

と思われると思います。執筆当時相川さんから様々な写真について話を聴いて、一番大切なことがわかったつもりでいます。

文章で写真を表現することは困難を極める。

とても助かりました。お互い元気で、また呑みましょう。感謝です。

美しいカバーとイラスト、何より『ぼくのワンピース』の執筆に心身をかけてくださった山田先生とは、またお仕事がしたいです。

けれど私は等の二十年先を今生きながら、閉じていく変化も日々感じています。

同じではいられないということは、ずっと同じではないという希望にもかえられる。

変化という岐路に立ったとき、言葉を置き換えて。

未来にいきます。

叶うなら、あなたも。

2022年の夏を、親しい友人とともに／菅野彰

●参考文献●

「エチカ　―倫理学」（上）（下）スピノザ・著、畠中尚志・翻訳（岩波文庫）

「神学・政治論」（上）（下）スピノザ・著、吉田量彦・翻訳（光文社古典新訳文庫）

「コヘレト書」小友聡・著（日本キリスト教団出版局）

「伝道の書―コヘレトの言葉」J.A. ローデル・著（教文館）

@hojjathamidi（『理性の王国』に登場する、iPhoneで写真撮影している人物のInstagram）

WINGS・NOVEL

【初出一覧】
彼等のワンピース：小説Wings '20年冬号（No.110）
理性の王国：小説Wings '21年春号（No.111）、'21年秋号（No.113）
ワンピース：書き下ろし

この本を読んでのご意見、ご感想などをお寄せください。
菅野 彰先生・山田睦月先生へのはげましのおたよりもお待ちしております。
〒113-0024　東京都文京区西片2-19-18　新書館
【ご意見・ご感想】小説Wings編集部「彼等のワンピース」係
【はげましのおたより】小説Wings編集部気付○○先生

彼等のワンピース

著者：**菅野 彰** ©Akira SUGANO
初版発行：2022年8月25日発行

発行所：株式会社 新書館
［編集］〒113-0024　東京都文京区西片2-19-18　電話 03-3811-2631
［営業］〒174-0043　東京都板橋区坂下1-22-14　電話 03-5970-3840
［URL］https://www.shinshokan.co.jp/

印刷・製本：加藤文明社

ISBN978-4-403-54243-5 Printed in Japan

SHINSHOKAN